长篇乡土小说

远庄

陈忠坤 著

海峡出版发行集团 | 海峡文艺出版社
THE STRAITS PUBLISHING & DISTRIBUTING GROUP | Haixia Literature & Art Publishing House

图书在版编目(CIP)数据

远庄/陈忠坤著.—福州:海峡文艺出版社,2025.3
ISBN 978-7-5550-3985-3

Ⅰ.I247.7

中国国家版本馆 CIP 数据核字第 2025HN5097 号

远庄

陈忠坤　著

出 版 人	林　滨
责任编辑	何　莉
出版发行	海峡文艺出版社
经　　销	福建新华发行(集团)有限责任公司
社　　址	福州市东水路 76 号 14 层
发 行 部	0591－87536797
印　　刷	厦门集大印刷有限公司
厂　　址	厦门市集美区环珠路 256－260 号 3 号厂房一至二楼
开　　本	710 毫米×1010 毫米　1/16
字　　数	168 千字
印　　张	12
版　　次	2025 年 3 月第 1 版
印　　次	2025 年 3 月第 1 次印刷
书　　号	ISBN 978-7-5550-3985-3
定　　价	52.00 元

如发现印装质量问题,请寄承印厂调换

序一

故乡的诗意抒写与理性反思

□ 陈元麟

陈忠坤将《远庄》的书稿递给我，说是怀念故乡之作。提起乡土文学，我便联想到奇趣盎然、野气扑人的田园诗意，以为这大概会是一次轻松惬意的阅读。然而，掩卷之余，却有一种挥之不去的乡愁沉甸甸地压在胸口。

无论在古代还是现代，乡愁都是乡土文学创作中不可或缺的主题。尤其是当下，城区在膨胀，乡村在萎缩，高楼大厦、软件园、手机、网购、高速路、地铁等诸般现代元素，已经占据了我们的日常，朦胧了我们对乡村水土和物事的有限记忆。因此，表现乡愁的文学作品更是人们的一种情感宣泄，一种精神慰藉。

陈忠坤的故乡在漳浦县古雷。我去过那里，那是一座狭长的半岛，南北走向，宛如大陆伸向台湾海峡的手臂。连绵的沙滩、星罗棋布的岛礁都给我留下深刻的印象。忠坤在这里出生，在这里度过了难忘的童年和少年时光，直到他背上行囊，到异乡求学为止。当经历了人生的风风雨雨，步入中年的作者再度返乡时，他发现，记忆中的那个半岛、那片海域、那片沙滩还在，但

 远 庄

这里已然变成了工业园区,那个心心念念的故乡已然成为遥远的记忆。

作为土生土长的"海娃",陈忠坤扎根于故土,共情于乡亲,他对故乡的一切了如指掌,他满怀悲悯之心与怜爱之情,不厌其烦地梳理、书写与他们共同生活的点点滴滴。

他挚爱故乡,在他的笔下,记忆中的故乡是那么美好:

芦苇、水草、溪流、沙丘、海滩、浪花……

捡不完的鸟蛋和田鸡蛋的芦苇丛,可以捏任何形状的人与动物的海泥,听不完的故事,玩不完的游戏,唱不完的童谣……

那时,海鸟在空中不停地啼唱,海浪轻轻地抚摸着沙滩,整个世界是那般和谐,那般惬意,那般让人沉醉。

平日里,一望无垠的芦苇,随着风的柔拂海浪般起伏着,像一座掩盖在白色面纱之下的神秘宫殿,偶尔,几只淘气的白鹭,倏地从芦苇丛中冒出来,多嘴地炫耀我们这群海娃共同拥有的快乐殿堂。

在"我"心目中,童年听到最动人的故事,是奶奶讲述的海龙王挖村口那口大井的传说。当讲完故事后,奶奶总会哼起那首儿歌"天乌乌,欲落雨,海龙王,欲娶某……""童谣因押韵而朗朗上口,奶奶用带着沧桑古朴的闽南话唱出,又兼具夸张的表情,这首童谣更显韵味悠长,让人过耳难忘……"

在"我"心目中,童年听到最美的歌声,是母亲呼唤儿子的声音。每天傍晚,当孩子们玩得忘了吃饭时,"母亲总会站在村口,亮开嗓子,对着辽阔的天空呼唤着她儿子的名字,那声音宛如一曲渔歌,从刘三姐的嘴里滑出,在那个美丽而空旷的傍晚飘荡……"

《远庄》的文体显然是散文化的小说,它模糊了小说与散文形式的界限,话语秩序仍然保持着散文的基本特征,尤其是注重意境的创造,字里行间流淌着一种沉郁、抒情、激越的情调,洋溢着一

种独特的、混合着海腥味与草叶清香的气息，这种情调和气息是由他那种诗意化的叙事方式、一些场面和场景的描写和很多感人的故事共同生成的，让你在不知不觉中走入他的精神世界。

艺术的地方色彩是文学生命力的源泉，成就了小说不可替代的独特价值。在《远庄》中，作者生动地再现了闽南地方特色的婚丧、节日、宗教信仰、饮食、生活习俗等场景，其中融入了大量的闽南民谣、童谣、传说，尤其在人物对话中，使用大量的闽南方言，从而使作品氤氲着浓郁的地方色彩。

值得称道的是，在场景描写和故事情节中，这些闽南元素的插入一点也不生硬，总是应时应景、严丝合缝，使之成为小说的有机部分。例如，曾几何时还是穷小子的胡哥衣锦还乡、西装革履地开着小轿车进村，与留守家乡尚未脱贫的乡亲形成了鲜明的对比。作者是这样描述当时的场景：

人们正问话间，远处，美姑家的两个小女孩却不合时宜地唱和起来——
人插花，你插草；
人抱婴，你抱狗；
人睡新眠床，你睡破畚斗……

这首闽南地区脍炙人口的童谣，在这个当口出现，实在妙不可言。它以一贫一富两类人的生活差异，形象地诠释了主题，而且对人物出场的气氛起到了渲染和烘托作用，让人浮想联翩。当这一切不疾不徐如流水般融入故乡时空、乡村风物、日常生活情态时，读者是很容易激发起共情、共鸣的。

乡土文学往往会有一种倾向，即把故乡谱写成一曲远离尘嚣的田园牧歌。这样的书写，虽然也蕴含着作家对现代文明的厌倦与逃避，对人性异化、精神矮化的都市生活的批判，但对于受到现代文明洗礼的作家来说，这无疑是缺乏历史理性的。

作为散文化小说,《远庄》淡化故事情节,其立足点是揭示小人物身上承载的人生况味和自古以来蕴藏闽南乡村的内在韵味。但它并非传统意义上的乡土风情的记录和歌咏,而是在传统农业文明不可遏制的裂变、解构、消失的过程中,对身边的人和事做出理性的思考,引人深思。

阅读小说,我们可以看见,林家为了建宅院而兄弟阋墙;平日傲慢娇气的村主任二千金,为了丰厚的彩礼,而不惜下嫁给村里有名的浪荡子;平日窝囊无能的林二,在宴会上不堪受辱当众持刀刺向自己的老婆;美丽端庄的美姑,和心上人热恋多年,最后却不得不和别人结婚生子;豪爽侠义的阿春为了多捕鱼,不惜冒着暴风雨出海,最后命丧大海……而酿成这一切悲剧的根源,都是家乡的贫穷与落后。

陈忠坤写过不少诗歌、散文作品,生活的积累和艺术的积淀使他在反映、揭示村民生活的变化和内心世界、情意流变有着准确的把握。

虽然《远庄》是他的第一部长篇小说,但已经表现出作者对乡土的认知高度和独具特色的小说叙事能力。

他的作品对人物形象的塑造是浮雕式的,即注重塑造人物形象的核心特征,抓住其瞬间表现出来的极富个性的、最能反映人物内心世界的外貌、场景、心理、动作等方面,加以刻画。往往寥寥几笔,便使人物形象栩栩如生。

作者所着力刻画的胡哥,是"我"自幼崇拜的英雄。胡哥的人生大起大落,曾经因为贫穷而以捡牛粪为生;与美姑的恋爱失败,让他远走他乡;赚了第一桶金后,立即回乡创业。曾经因贫穷而遭人嫌弃的胡哥衣锦还乡,并给村民们带来就业机会时,又备受尊崇,"苦难的童年、艰辛的创业史、回乡创业的乡情等,成了远庄村人茶余饭后的美谈,其励志的故事,也成了家长教育孩子的正面教材"。然而,胡哥为了盈利,而不惜以牺牲故土的环境为代价,造成诸多悲剧。当胡哥赖以获利的沙场因村民实名举报遭查封，因此而失业的村民们又对举报人心生怨恨。作品情节链条环环相扣，恩怨纠葛缠绕不断，折射了人性人情乃至道德伦理的矛盾冲突。

作者对这一方生养自己的土地，有着说不出道不明的复杂情感。他挚爱家乡，同时也对家乡的种种不堪而生怨怼之心。他借助小说的主人公"我"，接连发出"贫瘠的土地，长不出参天的大树""也许，贫穷才是滋养丑恶的土壤"的感慨。因此，"我""不想如远庄的村民那样，世世代代过这种生活"，"我注定无法和这块土地厮守一生，不羁的心也会让我选择离去"，"或许只有读书这条路，才能让我走出这里"。

小说末尾有两个情节令人难忘，一是村民们捕获了一只大海龟，"不信邪"的阿春等人不顾村主任花伯的阻拦，将它宰杀并分而食之。不久，村里接连大祸降临，先是林家小孩墨贼，在因胡哥无度开采而造成的"大水坑"里溺水身亡，阿春一家三口海难而死；一是在与阿春遗体告别的时候，"我""隐约看到，大水坑变成一张狰狞的血口，血口里忽然爬出一只小海龟，它缓慢地爬着，爬过了沙地，爬过沙滩，爬过浅浅的潮水，向远处汹涌的海浪，向大海的深处爬去……"

这似乎是作者设置的象征和隐喻。"大水坑"的意象，是暗示传统的迷失、生态的反噬，还是人性的异化？"小海龟"的意象是对未来的寄托和预示？仿佛都是，又都不全是。

概言之，作者以孩童的视角，以柔软的内心、细腻的情感、生动的笔触，讲述了生活在这个闭塞、落后的闽南沿海渔村的人们，在社会转型期所呈现的生存困境、命运跌宕，特别是他们的精神世界被撕裂的剧痛，从而建构了属于自己的小说世界，让我们了解到远庄乡民的悲欢离合，并且在不胜唏嘘中，洞见人生的美好与无常。

真正的故乡，只在记忆之中，回不去的地方才是故乡。在陈忠坤的笔下，远庄既是生命意义上的故土，也是精神意义上的家园。

 远庄

  故乡远庄虽然在地理意义上永远消失了，但作者已经在纸上重构了一个魂牵梦萦的故乡，一个富有地域色彩的文学世界。

  这是值得我们庆幸的。

陈元麟

2024年7月底至8月初酷暑之中

  （作者系中国作家协会会员，曾任厦门市文联副主席、厦门文学院院长、《厦门文学》主编；曾兼任福建省作家协会副主席、厦门市作家协会主席等职；著有文学和舞台剧、电视作品及文艺评论，结集出版《我们看海去》《爱的祈祷》《陈元麟散文自选》《大地之上》《寻找自己》《风的微笑》等）

序二

故乡是一根若隐若现的狗绳

□ 刘 原

看到好友陈忠坤耗费近二十年心血的新著《远庄》，远方的秋叶忽然簌簌地落了下来。

他笔下的闽南渔村，令我浸入了三十多年前的时光。那时我是一个桂北少年，满脸新奇地闯入福州。闽地有趣，方言隔阂重，饮食差别大，各地人氏性情亦迥异。譬如闽北，记得许多同学都是靠偷渡美国的兄长寄钱回来供他们读大学，习惯漂洋过海的福州人走的是性冷淡风，对谁都不会掏心窝，看你的眼神和看蛇头差不多，有距离感。闽南人则截然相反，炽热豪爽，天生的自来熟，而且看起来一个比一个有钱，我有位漳州舍友整天嚷着"上火了"，然后抓一把片仔癀吞服，多年以后我才知道这玩意竟然比茅台酒还贵，很后悔没偷两粒尝尝。

闽南是福建的宠儿，据说厦门大学在福建的分数线堪比清北，也许因为陈嘉庚的缘故，厦门大学学历在海外尤其南洋的认同度比清北更高。当年我们学校甚至有人开班教学闽南语，收钱的那种，显然多数学生的梦想是毕业后在闽南尤其是厦门工作。

所以，我一直以为闽南就是抱着一棵树摇啊摇，就会落下金币的糜烂天堂，是流着奶与蜜的应许之地。

多年以后，在一线城市工作多年的我才第一次来到闽南，它的富饶程度已经无法震撼我。我终于明白：并非闽南富得流油，而是闽南人慷慨热忱，急公好义，造成了这种错觉。

当我阅读《远庄》时，窥见了另一种闽南：它亦曾贫瘠陈朴，老旧如化外之地，这里的人与岭南人、客家人一样，都是骨子里守旧、与恶劣环境斗天斗地的人。至少，在改革开放之前，闽南人并没有比西部内陆的贫农们得到更多的天赐之福。

忠坤的故乡西田，位于东海边的一个狭长的半岛，曾经近乎不毛之地。自明朝绵延几百年的海禁，给当地的植被做了绝育手术。多年以后，当忠坤第一次去内蒙古看到碧血黄沙时，他好像也没多惊诧："哦，这就是沙漠呀，我曾经的闽南老家也是一样的。"

现今中国的富庶之地，倘要追溯起来，都没光鲜过几年。我有位好友是考古专家，他跟我说起少年时的饥馑窘迫，我眼睛都瞪大了，因为他的故乡在富庶的长三角。

珠三角也差不多。在饥荒年代，广州青年们每天都在横渡珠江，苦练游泳，为的是有一天能泅渡过深圳河，投奔怒海。

所谓故乡，往往是凄凉和惨痛的代名词。那片山河，沉默地望着你的锥心之痛、生离死别，像岁月的判官，一言不发。

忠坤说：故乡就是它还在的时候你不想踏进半步，当它逝去后你怅然若失的地方。

他的故乡西田，是的的确确被抹去的渔村。一个著名的工业项目征收了整个半岛，所有的人都搬迁去了别的镇。更离奇的是，因为闽南人对庙堂最是割舍不下，于是大大小小的庙堂被迁到了同一座山头，神仙们会不会因为拥挤，偶尔也打架？

而那些因拆迁而暴富的渔民，因天降的财富习性大变，有些人开始热衷挥霍享受，几年内又囊空如洗，于是又重新回到东海的惊涛骇浪中讨生活。

当忠坤偶尔回到已经整体迁移的小镇，那些熟悉的人常常热情地招呼他喝酒，似乎这是人生第一乐事。镇上的人对读书没有兴趣，忠坤是村里走出的第一个本科生，但在乡亲们的眼里，可能无非是迂腐书生。从闽南到潮汕乃至南粤，重商主义无处不在，读书不是人生唯一选项。

当我看《远庄》里的故事时，总会想起自己的故乡。

几个月前，我驱车千里经过故乡，岭南萌渚岭边的一个小城，猎猎的阳光从天空扑杀下来，从前的山岭巍峨冷峻，早已不识得我。我只是一个以120迈时速掠过故旧山河的，忽然触景生情的路人。

我与故乡，已无物理和情感上的勾连，但忠坤还有。他与我一样，都曾是负笈远行的叛逆小镇少年，在与现代文明和都市霓虹的碰撞中，开始打量反思曾经哺乳过自己的蒙昧和狭隘，最终否定了自己记忆中那种虚妄的美好。

当故乡有亲人，有青石板上的旧居时，它是一根脐带，每逢中秋除夕就会隐隐作痛。当故乡已无血亲，当自己出生的老房甚至房前那棵槐树都被平荡时，它就成了影影绰绰的狗绳。我们已茁壮成了藏獒，老旧的绳拴不住我们的肉身，只有当寂静的月光流淌一地时，亡命天涯的我们，才会在暗夜里，对着残月无声地嗷叫。

我笃信忠坤与我一样未必有太多乡愁，但他心里有丧失，有断脐之痛，老屋和庙堂没了，工业化像海啸般抹平了整个故乡。所以，他写这本《远庄》，是对记忆的一次打捞和拯救。书中的众多童谣，是他在民间四处搜集的，还有许多闽南的语言和习俗，将来注定会在时光中渐次湮灭，就像无声消失在厦门海滩的鲎，于是，这本书成了另一个范畴的结绳记事。

而书中命运多舛的美姑、纯良重情的傻叔、葬身巨浪的渔

民，正是这人间的过客，水边的倒影。

几十年后，曾经在闽地读书的我寄居在湘北，而曾在湘西求学的忠坤回到了闽南，我们的位置对调了。当我在长沙阅读着《远庄》时，作为出版人的忠坤也正在审校着我的"流亡三部曲"台湾繁体版——他是那套丛书的总编辑，我们在彼此的文字里，在无边的长夜中，审视对方的悲凉。

这是对故乡的一次凝视，对陈年的一次凝视，对杂草丛生面目全非的人世间的一次凝视。

2024年9月28日

（作者系著名专栏作家、前媒体人，曾在国内数十家报刊开设专栏多年，文字风格鲜明，拥趸众多；著有《与尘世相爱》、"流亡三部曲"——《丧家犬也有乡愁》《领先处男半目》《丢下宝钏走西凉》）

目录

一、决堤　　　　　001

二、收获　　　　　008

三、庆功　　　　　017

四、海娃　　　　　025

五、心事　　　　　033

六、下跪　　　　　043

七、命运　　　　　049

八、傻叔　　　　　055

九、订婚　　　　　062

十、黄昏　　　　　070

十一、女娃　　　　078

十二、叔公　　　　085

十三、娶亲　　　　091

十四、离乡　　　　099

十五、变化	105
十六、涟漪	112
十七、闹热	118
十八、死生	124
十九、海龟	131
二十、土沙	137
二十一、水鬼	144
二十二、变故	150
二十三、狂风	155
二十四、告别	160
二十五、眷念	166

附录

远去了的《远庄》/ 谭伟平	171
《远庄》：一曲闽南渔村的深情咏叹 / 吴尔芬	175
部分评语	177

一、决堤

狂风嘶吼着,大厅的窗户在风中砰砰砰砰地震动,雨点叮叮咚咚敲打着窗户,又顺着裂了的窗户缝隙钻了进来,飘洒在我和母亲的身上。我听到家里屋顶的瓦片在啪啪作响,从天井往外望去,瓦片一片又一片飘飞在空中,在空中不停地旋转,后来就摔在地上噼里啪啦响。豆大的雨点,如同子弹般密集地射向大地,把地面打出一个又一个坑,不一会儿,地面就被未及消退的雨水覆盖,雨点阵阵来袭,打得地面水花四溅。

隔壁房间的屋顶片瓦无存,早已被大雨占领。我紧紧地抱住母亲,躲在大厅的某个角落。

"阿母①,我惊②……"

母亲紧紧地把我搂着,然后用她温柔的双手,轻轻地抚摸着我那由于惊吓而显得有些抽搐的身体。

无尽的寒冷与恐惧,让我弱小的身体不停地颤抖着。

我感到整个世界似乎要消失了……

"免惊免惊,孩子,风很快会停下来的。"

---

① 阿母,闽南语方言,称呼母亲。
② 惊,闽南语方言,指害怕。

母亲安慰着我,声音嘶哑。

我把头深深埋进母亲的怀里,生怕她哪怕是一秒钟的离去。

"免惊免惊,孩子,风很快会停下来的……"

母亲似乎是自言自语,我能感知她心里的慌张与不安。

这时,院子的木门咣当被推开了。一位老人冲进了天井,人还没站稳就朝里喊:

"兴……兴……叔……"[1]

母亲松开抱紧我的手,把那扇关不紧的厅门艰难地挪了点距离,一瞬间,风夹杂着雨水迎面扑了进来,吓得我本就颤抖的身体一踉跄,一下子摔坐在地上。我忍住不哭。我知道,这个风雨交加的日子里,不适合哭泣。

老人已经站在厅门口,他身上穿着蓝色雨衣,浑身雨水流淌,如同刚从河里钻出的水鬼,显得很是吓人!有趣的是,几滴水珠镶嵌在他杂草丛生的胡须里,恰到好处,没有掉下来。从他身上顺流而下滂沱的雨水,早已在他的脚下汇聚成汪洋。

"花……花……伯……"母亲惊讶道。

一看到母亲,老人又急促地问道:

"兴婶,兴叔呢,兴叔呢?堤岸已经被大浪冲垮了!海水要淹过来了……"

"啊?"母亲惊慌道,"说风台[2]要来,老兴透暝[3]没睡……透早[4]就出去了……伊……该早到岸边了……"

"哦?可能太忙乱,我都没看着伊!"花伯村主任气冲冲的

---

[1] 闽南地方称谓习惯,称呼者不管年龄多大,一般以自家孩子的口吻来称呼对方,以示尊重。

[2] 风台,闽南语方言,指台风。

[3] 透暝,闽南语方言,指一整个晚上。

[4] 透早,闽南语方言,指大清早。

一、决堤

样子,"哦,快带孩子离开这里,不用多久,这里就要被海水淹没了……我去喊一喊其他家男丁,这次风台太凶猛了……"花伯转身准备要走,忽然又折了回来,指着隔壁只剩木架的房间说道:"兴叔就不听我的话,让他请好的瓦匠来砌,他说没钱,非要自己来,盖房子又不是小孩玩过家家,你看看,你看看,成了秃头房了!"说完,他就匆匆地离开了,只留下一大滩雨水在地板上蔓延。

窗外的雨还在哗哗地下,母亲愣了很久,后来就一手把我抓进了一个木箱,一个大大的家里用来装衣服的箱子。

"孩子,你困了,先睡一会儿吧,躺在里面,不要动。"

她带着命令的口气,不容许我半点拒绝,我本还想顶嘴说不要,木箱却重重地扣上了,我只感觉眼前漆黑一片,便动弹不得了。

狭小而又漆黑的空间让我有些窒息,一开始我的脑袋瓜还在咕噜咕噜转,滚钢圈、弹珠子、玩跳步、抓鸟蛋……没过多久,我便听到淅淅沥沥的雨声,箱子左摇右晃,磕得我身上有些疼,又有雨水沿着木箱的缝漏了进来,渗进我的衣服里,把我磨破皮的肌肤搅和得又是瘙痒、又是生疼。我想伸手去抓,却舒展不开双手,于是难受地咧开嘴大哭,哭声却只有自己听得见,只好再想滚钢圈、弹珠子、玩跳步、抓鸟蛋这些事,没承想箱子外面雨声更大了,漏进来的水更多了,箱子摇晃得更厉害了,肌肤也更加生疼了……

也不知道后面怎么就迷迷糊糊地进入了梦乡,梦里都是磕磕碰碰的东西在身上磨蹭,有些疼,有些麻,待我从疲倦的睡梦中醒来,却发现母亲已经不见了,而自己已经躺在小叔家阿木弟弟温暖的床上。

小叔家的房子筑在村头一个高高的山坡上,周围是当年村民们响应政府号召为防沙固石所栽种的郁郁森森的木麻黄,当然也有一片是我父母辛苦栽下的。尽管如此,缺柴烧的日子,自家栽种的木麻黄也不能砍,砍了会被重罚,严重的还会被抓走。农村人家,平日里烧水做饭几乎靠烧柴火,谁家没遇到春雨连绵的时候,断火是

远 庄

常有的事，所以平时孩童承担梳草[①]重任。大人们得空也会去自家栽种的木麻黄林里转转，只要看到有枯干的枝干，眼睛里就流露出喜悦劲，犹如饥寒交迫的乞丐见到热气腾腾的馒头，两眼冒光，立刻用镰刀砍伐扛回家。

据说，小叔家的房子盖的地方可是一处风水宝地！

当年，有一位衣衫褴褛的风水先生，云游四海到了我们村，许是没得到应有的尊重，挨饿了些日子而奄奄一息，衣服因多日未曾换洗臭气熏人，以致无人靠近。奶奶心地善良，接济他几碗盐水，喘过气的风水先生从此在我家住下，奶奶给了他换洗衣服，每日供他白米饭，而全家人吃的是地瓜粥。说是地瓜粥，里面几乎挑不到一粒米。后来，家里米缸终于掏不出米来，风水先生看到锅里满满的地瓜丝，动了恻隐之心，准备离开云游他处，临行前，他偷偷告诉奶奶："好心人，我跟你讲，这些日子我常在你村转悠，发现你家山坡那处种木麻黄的地，是盖房子的宝地，会福荫祖孙后代出丁发财的！"那一夜，奶奶彻夜难眠，第二天大清早，就跑着小脚，砍了一些藤草，把这块地围了起来，准备让小叔娶某[②]砌房。后来，小叔成家后，有了积蓄，在奶奶的催促下，便在这里砌了房。这里地势高，树又多，海水淹不得，狂风来了有树挡，风水倒是挺不错的，到底还是被风水先生说中了。

话说回来……睡梦中醒来，见不到母亲，我撕开喉咙使劲地喊："阿母！阿母！"我感到一种莫名的恐惧，泪水夺眶而出，世界似乎就要崩溃了，便放声哭了起来，"阿母……阿母……" 没有听到母亲的任何回应！我的哭声也逐渐减弱，最后把"阿母"哼成了歌，下了床，走出房间，却发现堂弟阿木在庭院的沙地上玩着

[①] 梳草，闽南当地叫法，指用一种叫耙爪的工具，将木麻黄掉落的枝叶收拾起来，以备平时烧火使用。

[②] 某，闽南语方言，指老婆。

一、决堤

珠子。

阿木比我小三岁，我最喜欢抓弄他，喜欢看他撕开喉咙大声痛哭的样子，喜欢看他惨烈而悲壮痛哭的样子。也许童年的最大乐趣，就在于可以欺负一些比自己还要弱小的人。

我偷偷地躲在阿木的身后，趁他不注意间，迅速拿走地上的珠子，他转身发现不见了，看到我站在前面，知道是我拿了，便假装在我脚边一直找，不敢说，也不敢向我要，找了很久他不找了，只是抬起头来看着我。我知道他在期待什么，而我，就是故意不给。他起初很生气，握紧了拳头，准备和我大干一场，可是尝过我拳头的他，很快意识到不是我的对手，于是，他松开拳头，放出绝招，咧开嘴痛哭起来。我从小就相信，阿木长大以后，一定可以当一名伟大的演员，他极其擅长用他的声音来夸大他的悲情，而且又能做到瞬间情绪转换。此时，因找不着母亲心情烦闷的我，根本就无法抵挡他那撕裂的哭声，只能适可而止且心满意足地把珠子还给了他。拿到珠子的阿木哭声戛然而止，转身又到沙地里玩了起来。

此时，风停了，雨也停了，小叔家房子的旁边，木麻黄早已横七竖八地倒成一片，有的从中间折断，有的连根拔起，有的孤零零的只剩下一杆空枝，满地狼藉的树叶顺着还未退尽的雨水向山下流淌，而山下，早已成了一片汪洋！

这是个多么神奇的世界！这是一片水的世界！一切都是那么新鲜，一切都是那么清新！似乎是一种毁灭后的完美，毁灭后的新生，过滤后的空气混杂着泥土的气息，顺着轻柔的风，抚摸着我的脸庞，温柔而惬意，让人心旷神怡。我往山下望去，山下的村庄已成了一片汪洋，只看到一个个光秃秃的屋顶像是漂浮在海面上的渔船，奔忙的人们撑着竹排一边拉人，一边运物。我看到一位老人，卖力地背着一只很大的母猪上屋顶，母猪在屋顶上对着旁边的水哼哼地叫，妇女小孩的哭声，和着各种嘈杂的声响，在奔流的水面上蔓延……

然而，我的内心忽然冒出许多古怪的想法，这些想法让我马上战胜了内心的恐惧,也忘却了找寻母亲。在阿木的房间里,我找到了那个经常在海滩玩的充气船,拉上阿木就往山下奔。

"我们去划船了,我们去划船了!"我兴奋得奔跑起来!

母亲不知道什么时候出现了。她穿着连体的雨裤,手上戴着沾满泥土的手套,头发湿润凌乱,她用布满血丝的双眼狠狠地瞪着我,似乎要把我熔化在她凶狠的眼神里。

"干什么去!"她拦住了我的去路。

"我要去划船!"我大声回道。

"水很深,又很急,小孩子不能去!"

"我就想去划船!"

"你爸一伙人忙着堵决口,到现在一口水没喝,你抬头看看,多少人还在水里挣扎!你还要添乱!"

母亲说完,转身走到墙角,从那一叠堆着的木柴上面拿出一根最大的,高高举到我面前,说:

"给我赶紧回去,信不信我揍你!"

显然,母亲是真生气了,这气势首先吓到了阿木,他一溜烟就蹿回庭院,我有些不甘心,但拗不过母亲的气势,只好也转身返回。刚进门,只听得吱呀一声,庭院的木门被关上了,待我跑回去推门,发现门已经挂上了锁。

母亲匆匆地走了,阿木又在庭院里玩起他的珠子。我推着木门吱呀吱呀响,狭小的门缝还是无法探身出去,转而就研究起挂锁,只是研究了半天还是研究不出什么名堂,只好无奈放弃,返回阿木身旁,再次偷走他的珠子。没多久,他果真又痛哭起来了。

"你再哭,我就把珠子扔出去!"我怒吼道,借此发泄我心中的不满。

阿木愤怒地看着我,泪珠还挂在眼角,但也马上止住了哭声。再调戏阿木也没趣,我只好东晃晃西晃晃,也不知道时间是怎么过的,就到了黄昏。这真是我人生中最煎熬的一个下午,我和阿木两个孩子饿得发慌,也不见得一个大人回来。直到伸手不见五指了,

一、决堤

母亲和婶婶才拖着一身的疲倦回来。见到婶婶，阿木直接放声大哭，泪水如决了堤的海水，把小叔家全淹没了。

其实我也想哭，只是阿木的表演太到位，我可不似他那样哭脸①，一点都不像个男子汉。可是，当我紧紧抱住母亲的时候，母亲硕大的泪珠，顺着她潮湿的脸颊簌簌而下，一滴一滴落在我的脸上，滚烫，却让我感到一种安全，一种温暖。

婶婶胡乱煮了面充饥，席间，母亲叹着气对婶婶说：

"太险啦，水那么急，老兴不要命啦，扛着沙袋就往水里冲，万一脚站不稳……"

"你细叔仔②不也这样，他们兄弟为公家代志③，真够打拼，也没想万一出风险，我母子这么软④，以后……"

话没说完，泪如雨下。

母亲本想抱怨几句，看婶婶那情形，转而安慰道：

"不会啦，不会啦，他们兄弟命大，从细汉⑤就没爸，还不是顽强活到现在，没代志啦，神明会保庇啦！"

妯娌间各有各的心事，也就不再说话了。洗漱完，婶婶就带阿木去睡了。母亲和我睡阿木的床，那天晚上，我在母亲的怀里睡着了，梦里有好多鬼怪追着我，可是我就是跑不动，后来一惊醒，大汗淋漓，而母亲只是轻轻地擦掉我额角的汗水，什么话也没说。

那晚，我睡得很轻。

---

① 哭脸，闽南语方言，指爱哭。
② 细叔仔，闽南语方言，指小叔子。
③ 代志，闽南语方言，指事情。
④ 软，闽南语方言，指柔弱。
⑤ 细汉，闽南语方言，指小的时候。

二、收获

第二天,风停雨静,只是黑压压的云儿在半空翻腾,似乎一不小心,就要掉下来的样子。

我和阿木起了床,发现大人又都不见了,没有大人的家里显得空空的。我环顾四周,发现餐桌上摆着我爱吃的红萝卜丝炒蛋,地瓜粥也还在锅里热着。我带着阿木匆匆吃完早餐,走出庭院,往山下一看,天啊,昨日的汪洋,今日却神奇地退了!

我拉着阿木就往山下跑,到了山下的乡野小路,发现路已因海水浸泡过而变得泥泞难行,电线杆横七竖八地躺着,路边散落着菜叶、树叶、衣服、瓦片,甚至是锅碗瓢盆等东西。跑进村庄,呈现眼前的是一片狼藉:有些人家的瓦房几乎成了秃房;有些土砌的旧房子,墙角被水融化了半边,但却顽强地屹立着;黑泥巴淤积在各个角落,杂物也是七零八落;细水从各户人家的破墙角不断涌出,汇入屋旁的水沟;水沟里的水,如逢喜事般欢腾地奔涌着……

此时,村里的人们都忙碌极了,他们有的打扫道路,有的清理门庭,有的浣洗衣物,有的清水道,有的扛石头堵墙,有的上屋砌瓦……我赶回家里,发现家里已经收拾得整整齐齐,只是房间屋顶那个没有瓦片的木脊梁,还残留着台风来过的痕迹。房间里被雨淋湿的床被擦洗得干干净净,临时支在大厅的角落。我一进庭院的门就呼唤母亲:

二、收获

"阿母！阿母！"

母亲从灶脚[1]走了出来，手上还在擦拭着碗，嘴上冲着我絮絮叨叨：

"你不跟阿木在你小叔家玩，下来做啥？风台刚过，大人们忙死了，你们小孩自己玩去，别添乱！"说完，母亲转身又进了灶脚。

我讨了没趣，准备转身寻小伙伴玩去，不料正在此时，父亲连枝带叶扛着一大棵木麻黄进来，差点把我撞个正着。我忙躲闪，父亲也许没看到我，兴冲冲把木麻黄扛到庭院中间扔下，然后大声喊道：

"珍仔，我们林地的木麻黄被风刮断了好多棵，这次大收获了！"

母亲从灶脚跑出来，手里拿着还没洗完的碗，兴奋道：

"真的？这次可不用担心护林的老林去举报了，都是风吹断的，我们可以名正言顺扛回家了！"

"是啊，是啊！今年可以备足柴火了！"

"那……要不要我去帮忙扛？"

"唔免[2]唔免！你赶紧把家里的锯子和斧头找出来，把枝干锯断劈成小块在灶脚叠起来，我怕晚些生变故，我一个人去扛就够了！"父亲说完，急匆匆走了。

母亲赶忙放下碗，找出锯子斧头忙活起来。

我转出庭院，见到阿木蹲在一个破墙角，拿着一根树枝在那边倒腾什么，连忙凑去看一看。

"哥，你看，好多小鱼！"阿木兴奋地叫了起来。

"快，快，快去我家把脸盘端过来！"我抢过阿木的树枝，然

---

[1] 灶脚，闽南语方言，指厨房。
[2] 唔免，闽南语方言，指不用。

远庄

后也蹲了下来,用树枝把淤泥拨开,再用手挖了一个坑,很快,细水汇聚坑里,待阿木取来脸盆,我用手将水捧进去,然后再伸手进水坑里,果然抓到好多小鱼和虾,便赶紧放进脸盆里。鱼和虾一进脸盆,就窜游起来,搅得小小脸盆里的水如沸腾般涌动。这成了我们最大的乐趣,这一天,我呼朋唤友,也不知道挖了多少水坑,掏了多少鱼虾,总之,连中午胡扒几口饭的时间,对我来说都是一种奢侈,晚上更是到夜幕降临,我才意犹未尽回了家。

"夭寿骨[①],怎么玩到全身黑乎乎,赶紧吃完去冲个澡,你以后就在大厅的床上睡就好,不用去你小叔家。"母亲见到我,嘴里絮絮叨叨念个不停,手上的锯子飞快地在木头上来回抽动,发出唰唰的声音。

我一闪进了灶脚,匆匆扒了几口饭,拿起水桶就奔向村口的那口大井。这井很大,井口直径至少2米,井不深,差不多也是2米见底,但井水清澈,汩汩不竭,即使村里人多取尽了井水,也无须等太久,井水水位很快又恢复回来。这口井滋养了我们全村几代人,就是平时村里人的洗漱用水,也全靠它。每逢夏天,男人们捕鱼回来,全身咸腥咸腥的,不先来井边冲几桶水,绝不回家吃饭;孩子们则一个个穿着裤衩,提着水桶,你泼我我泼你嬉戏起来,欢声笑语弥漫着这个安静的小村庄。

或许是,每个农村的水井都有一个美丽的传说。我们村口的井,就叫大井,没有其他别的名字。奶奶说,在很久很久以前,我们村庄四周风沙飞扬,村民们取水都得走到隔壁村,非常辛苦。也不知道从什么时候起,后江的海边,总会出现一位美丽的姑娘,夜夜袭着月光歌唱,歌声甜润,引得海里的水族纷纷前往围观。海龙

[①] 闽南语方言。夭寿,短命的意思,多数是用于日常中长辈对小辈比较亲昵的责备,也指一些人做坏事不择手段。夭寿骨,有长辈骂孩子的亲昵之意。

二、收获

王听闻姑娘人美歌甜，内心蠢蠢欲动，一日跃出海面，掀起千层巨浪，吓退了围观的水族。但姑娘却处乱不惊，月光洒在波光粼粼的海面，也洒在她随风轻拂的裙摆上，她平静似水，微禽的唇齿间天籁音流动，万物瞬间醉成静止。海龙王垂涎欲滴，龙须不听使唤地舞动，他疾步走到姑娘面前，问道：

"姑娘美若天仙，音如天籁，不知家住何方？"

姑娘款款答曰：

"小女子家住前面村庄，村里常年缺水，草木不长，风沙茫茫，固夜夜吟唱，只期待见上龙王一面，恳请您给我们村庄带去水源，我们全村父老乡亲将万世祭拜敬仰。"

海龙王哈哈大笑：

"海边的人哪个不祭拜敬仰我啊！只要……只要姑娘愿意跟着我，我一定让水流遍你们村庄……"

"咦……"姑娘害羞地低下头，细声道，"您是海龙王，也不能失了排场……"

"那就这么定了，二月二，我娶某！我会敲锣打鼓来迎娶你！"海龙王说完，一溜烟钻进海里，又掀起了千层巨浪。

时间终于来到了第二年的农历二月初二，海龙王带着庞大的娶亲队伍，敲锣打鼓准备迎娶姑娘，娶亲队伍走到哪里，水流便哗哗响到那里，溪流瞬息天成，池塘逢坳而蓄。娶亲队伍到了大井附近，只见姑娘化身黑乎乎的土虱①钻入水中，甩甩鱼尾没了踪影。见此情景，娶亲队伍只好悻悻而回，海龙王闻言勃然大怒，从此不让土虱回海里，而且还常常发动台风摧残村庄。不过，庞大的水源早已疏通了这片土地，任是海龙王再大的能耐，也收不回去了！

后来，在土虱姑娘化身的地方，人们挖了这口大井。

那时候，奶奶讲起大井的传说，神秘而有趣，孩子们总是听得

---

① 土虱，闽南语称谓，指胡子鲶。

津津有味。末了,她常常不忘哼起:

> 天乌乌,欲落雨。
> 海龙王,要娶某,
> 孤呆做媒婆。
> 龟吹笙,鳖拍鼓,
> 水鸡扛轿目凸凸,
> 田婴举旗喊辛苦。
> 虾姑担盘勒巴豆,
> 老鼠沿路拍锣鼓。
> 为着龙王要娶某,
> 鱼虾水卒真辛苦。
> 火金姑挑灯来照路,
> 照着一个水查某,
> 变做土虱黑嗖嗖。[①]

童谣因押韵而朗朗上口,奶奶用带着沧桑古朴的闽南话唱出,又兼具其浮夸的表情,使这首童谣更显韵味悠长,让人过耳难忘,孩子们很快也能随意地哼唱。

还记得当年,每条水沟里都能抓到好多土虱,每次我带回家里,奶奶总让我们赶紧放生,说土虱可是为我们村引水的大恩人!可那时候我总弄不明白,土虱全身黑乎乎的,还长着长长的须,那形象怎么可能变出美丽的姑娘来?还有,海龙王是海里的神仙,怎

---

① 闽南语童谣,为了使童谣表达的故事逻辑性完整些,这里做了一些语句调整。孤呆,俗称鮕鮘,多数人根据其身上斑点称为七星鳢。水鸡,指青蛙。田婴,指蜻蜓。巴豆,指肚子。火金姑,指萤火虫。水查某,漂亮的女孩子。黑嗖嗖,指黑乎乎的。

二、收获

么可能认不出姑娘是土虱化身的？不过，有些传说的确不可深究，深究还能有传说吗？

话说回来，来到大井边的我，边念着奶奶哼唱的这首童谣，边提起一桶满满的水，举过头顶，再往下浇灌，水顺着我的发丝，迅速从上身蔓延到脚下，我身上所有污垢也随水流入井边的水沟。清水泛起的凉意，瞬间激荡了我的全身！"舒服！"我连续浇灌了三大桶水，才心满意足地回了家，擦干身子，换洗完干净的衣服，我便一头倒到床上呼呼大睡起来。夜里声音嘈杂，一会儿是锅碗瓢盆的声音，一会儿是多人说话的声音，但这些都无法抵挡我的睡意。

待天亮醒来，我发现天变得明朗一些，乌云也稀疏了。我走出大厅，看到庭院里十几米筛①已经煮熟的鱼晾着。我有些好奇，随手抓起一条大的，就吃了起来。

"起妖鬼②，昨暝③几尾赤鲫鱼活蹦乱跳，你爸煮了粥，本来要叫你起来吃的，捏着你的鼻子都叫不醒，你呀，睡得像头死猪。"母亲手里还端着一米筛的鱼，正在庭院里找地方晾。

"阿母，怎么这么多鱼啊！"吐完鱼骨头，我又抓起一条更大的啃了起来。

"昨暝你爸那伙大网，遇着大鱼群了，一人分了两筐回来。半夜没人收购鱼，所以只能担回来先把鱼煮熟，等太阳出来再晒干，不然活鱼都要变臭鱼了。"

"我爸呢？"

"昨暝你爸把两筐鱼担回来，吃完粥就又去了。对了，你赶紧吃早餐，给你爸带饭去！"

---

① 米筛，闽南语称谓，一种竹子编制的圆形簸箕，农村人用来盛放东西。

② 起妖鬼，闽南语方言，指饿极的人对食物表现出永不满足的样子。

③ 昨暝，闽南语方言，指昨天晚上。

远 庄

我"哦"地回应一声,又挑了几条不同品种的鱼,就上灶脚吃饭去。吃完就拿出饭盒,帮爸爸盛好粥,又夹了几条鱼,配了一些菜,装好了袋子,就提着给在后江牵网①的父亲送饭去了。

我们村的这伙网,由十八户人家组成,备有一条出海放网的大船,一张几百米长的大网,平日里有潮水的时候,花伯代公②会带上四个划桨的、两个放网的人上船,然后预判鱼群位置,逐步放网。船上的人放网时会与岸上的人示意,于是先有七八个人留在岸上拉这条大网的网纲,等船上的大网放完,船上人再拉着大网另一边网纲回岸,岸上剩下的人立刻继续把这一边的网纲往岸上拉。两边的网纲分开,且逐渐被拉上岸,大网形成的包围圈就把鱼聚拢在大网后面连着的一个长长的网袋里。这种集体渔业的方式,成本最低,平日里收成不大,但每次收获也能卖些鱼给鱼贩,合伙人家也能分一些钱贴补家用,平时更不缺海鱼当饭配。若是遇上好潮水,碰上大鱼群,那可是能获大收益了。

可惜的是,合伙牵网的人家也经常异动。有些人家劳动力充足,家里有了些积蓄,便自家钉一条竹排,再整一张网,自行出海了。俗话说,三个男人,一条船!反正自家钉的竹排,鱼捕多捕少都是自家的。自己有船的人家,便退出合伙牵网了。记忆中,到了我上高中的时候,我们村的这伙网,因凑不齐人,也就散了。到了如今,好像沿海这一带的牵网捕鱼方式,也从人们的视野中消失,彻底退出了历史舞台。这是后话!

而这一天清早,我哼着小曲,赤着脚穿过了将近一千米的木麻黄地,又走了数百米的沙滩,终于来到父亲牵网的地方。我把给父

---

① 牵网,闽南沿海一带的一种居民集体渔业方法。
② 代公,闽南语称谓,一伙网的核心人物,须具备行船能力,看潮水的能力,且还得是德高望重的人。

二、收获

亲带的饭放进草寮①，就要奔向海滩、奔向大海了，不料被在岸上分鱼的父亲喊住："鲲仔，快回家报信，叫乡亲们担筐来！"

父亲在这伙网里主要负责摇桨，平时兼管账，出海的船回岸后，他就没时间下海牵网了，一般是留在岸上和鱼贩交易，再把未卖掉的鱼按份数分好。

"这么多鱼？"看着岸上十几堆活蹦乱跳的鱼儿，我兴奋地喊起来。

"是啊，花伯真厉害，一看一个准，他说水面上黑压压的是鱼群来了，一下网，就捞得满网的鱼了！"

父亲说着，把手上鱼筛②上的鱼往地上一倒，几条生命力顽强的鱼儿，就在海滩上跳了起来，很快就沾满了土沙。

"买鱼的说早上要来，到现在也没来，我怕真等到买鱼的人过来，这些岸上的鱼久了会坏掉，你赶紧跑村里去报信。"父亲埋怨道。

"好！"我应完，立即折腿往村的方向跑。跑到村口，我缓了口气，就大声喊了起来："报担筐啰！报担筐啰！……"

不一会儿，村庄里就涌动起来了。很快，有妇女，有老人，有孩子，他们摇摇晃晃担着箩筐，一路欢声笑语，就往后江出发了。好收成，是每个农村人快乐的源泉，这块土地我们守了几辈子，何尝图过回报呢？当然，有回报，那不是最欢喜的事？

后来连续一周，这伙网日日大丰收，合伙人家也都分到了不少钱。很快，台风摧残过的这座小渔村，电线杆又竖起来了，破墙又补上了，道路也收拾干净了，就连道路两旁原本被海水浸蔫了的小草，又吐出嫩芽了……

---

① 草寮，用于存放牵网工具的草房，休渔时可供人休息，也可遮风挡雨，一般用树干搭出骨架，再用稻草覆盖。

② 鱼筛，闽南语称谓，一种竹编的盛鱼的工具。

村庄恢复了往日的平静。

后来,父亲去了一趟城里,买回来很多砖,他一个人又搬梯又砌瓦,把家里房子的墙壁重新粉刷了一遍,我们家一下子又焕然一新,床也从大厅搬回了房间。收拾完房子的那天,母亲买了几两猪肉,炒了几盘菜,父亲则掏出从城里买回来的米酒,特意给母亲也满上了一杯。

"你妈在的时候常说,风台过,一窟水。我看这窟水也不一定是孬水,可能是福水,这次风台过,我们这个小村庄可是大收获啊!"母亲说"风台过,一窟水"的时候,还学着奶奶说话的样子,因"台"与"筛"闽南话同音,她故意也在"台"上停顿,让人听出"筛"的韵味。

父亲叹了口气,说道:

"是啊,她们那一代人,都是苦日子熬过来的人,你又不是不知道,她们早认命了!"

"我就不认命!"母亲坚定地说着,说完端起杯子,一饮而尽。

父亲愣了愣,笑了笑,也端起杯子把酒一口干了。

犹记得,那一晚,爸妈俩叽叽咕咕聊了一整夜。

三、庆功

在村庄恢复平静后没多久的一个清晨,鸟儿还没来得及叫早,一阵清脆的锣声,提前打破了这个渔村的宁静。锣声尖细,穿透了生机勃勃的晨,穿透了台风后晴朗的蓝天,穿透了这个静谧的小渔村。

"大家赶紧,查埔①趁早出来,扛尪②入庙,查某③备好五牲纸银,准备朝拜!"护林的老林敲完锣,就顺着喊几声。喊完,他往前走几步,继续敲锣,锣声毕,再喊几声,依此循环往复。

很快,妇女携孩子,就在村中央妈祖庙的庙埕上摆上了好几列的供桌,供桌上统一铺着绣花的红桌布,再整齐地摆放好五牲纸银。男人们先到庙里,取出扛尪专用的木棍、扁担、绳索等,待村里的锣鼓队"锵锵隆咚锵"声有节奏响起,热闹的扛尪队伍就浩浩荡荡往山上出发了。

在庙埕等神明入庙的妇女们,叽叽喳喳东家长西家短聊了起来。

---

① 查埔,闽南语方言,指男人。
② 尪,闽南语方言,所有神像的统称。
③ 查某,闽南语方言,指女人。

"花伯真是神机妙算,风台前两天,就让年轻人把神明扛到山上那几户人家家里,要不然,这大水把妈祖庙淹了,神明也被……"说话的妇女意识到不对,不敢往下说下去。

"我听人说,是妈祖给花伯托的梦,说前一晚他梦到妈祖把外套披在他身上,他感到凉飕飕的,伸手一摸,外套全是水。"

"真有这么神啊!"

"没这么神,花伯怎么能把神明转移得这么及时呢!"

……

事总是越说越离奇,越扯越长。但这些都不是我们孩子关心的,也不好玩。趁妇女扯家常的档儿,我招呼玩伴们一起,玩起了躲桌底的游戏,这也是过年过节妈祖庙大朝拜时我们常玩的游戏。一般这个时候,全村100多户人家一户一供桌,绣花的桌布比较大,铺上后四边会垂下接近地面,与供桌的四条腿形成一个封闭的空间,孩子们半蹲着躲进去,便难寻踪影。游戏玩起来很简单,一个孩子负责找,其他人便躲进桌底,谁先被找到,谁就输了,下一次就轮到他找人。

本来游戏进行得很顺利,抓人的和躲桌子的轮番更替,大家玩得不亦乐乎。可当阿木被抓后,他愣是找不着人,哪怕人就藏在他面前的桌子底下,笨手笨脚的阿木刚准备掀开垂着的桌布,躲着的人早就钻到同列的其他供桌底下了。阿木找不到人,一急,又哇地大哭起来。这可不得了,在这个热闹的场所,他这一哭,聊家常的妇女们瞬间停止了说话,她们目光如炬,开始到处搜寻自家孩子的身影。

"你们这些大汉[①]的,老欺负细汉的,让我看到谁欺负阿木,我非揍他不可!"婶婶凶狠的吼叫声,打破了妇女扯家常的兴致。

---

① 大汉,闽南语方言,指长大了或比其他小孩子大的孩子,反之称为细汉。

三、庆功

不一会儿，几个一起玩游戏的小伙伴遭殃了，被家长拉着打屁股，我怕被发现，连忙躲进桌底。好在这时，"锵锵隆咚锵"的锣鼓声越来越近了。妇女们也顾不上管孩子了，她们匆忙点香，虔诚地迎接神明的到来。

很快，锣鼓声震天响，长长的扛轿队伍陆续进了村。父亲是今年元宵节刚祈上的大头家[①]，他穿着蓝色的长衫，戴着黑色的礼帽，神情严肃地端着香炉，走在最前面开路；二头家敲着小圆锣在后面跟着，也是一样的穿戴；接下来便是四人一组扛着的一尊尊神明，锣鼓队垫后。大妈祖、二妈祖先入殿，随后各路神明陆续入殿，神明全部入殿完毕，大头家、二头家点香，带领全村人敬香朝拜祈福。

一切礼毕，父亲站在庙对面的戏台上，对着所有的乡亲大声说道："乡亲们，风台过去那么多天了，生活也终于恢复正常了！今天，我们庙里的众神明，终于可以重新入殿了，感谢全村的父老乡亲，把大水淹过的妈祖庙，清洗得比以前更新了，相信众神明也会满意的，以后也会更保庇我们合村平安！对吧？"

众人纷纷鼓掌致意。

父亲顿了顿，清了清喉咙，继续说道：

"其实，今天我还想重点感谢一个人，大家都知道是谁吧？"

"我知道，我知道，是花伯吧！"

"是啊，是啊，若不是花伯早做打算，众神明可是要被大水淹了啊！"

"对对对，花伯就是神机妙算！"

众人开始交头接耳，议论纷纷起来。

[①] 闽南地区风俗。在沿海地区，以村庄为单位，一般每个村都有自己的村庙，每年元宵节，会在村庙的神明面前博筶杯祈选出头家，负责村里逢年过节祭拜神明等大事。

"对，是要感谢花伯啊！可是，我今天要感谢的，是另外一人……"父亲的话，让站在庙埕上的人面面相觑，疑惑不解。

"我知道！"忽然，一声雄浑有力的声音，打断了父亲的话，众人循声而去，看见花伯正挤出人群。此时，他矫健地一蹦，上了戏台。

戏台下一下子鸦雀无声了。

"我知道，谁是你们大头家兴叔要感谢的人，"花伯故意停顿了一会儿，然后又拉长声音喊道，"是，阿——春——仔——"

庙埕里瞬间热闹欢腾起来，顿时，所有人的目光，全部投向人群中的阿春，面对众人如炬的目光，阿春却腼腆地低下了头。

花伯拉长的嗓音，有些嘶哑低沉，却因激动而显得浑厚有力！他继续大声说道：

"阿春可是我们全村的大功臣啊。风台来的时候，狂风卷起数十米高的大浪，我们砌的堤岸一下子就被汹涌的海浪冲垮了，海水如同凶猛的野兽，漫过我们的农田，向我们的村庄奔涌而来。当时，站在岸上的我们，手忙脚乱，却又束手无策，是兴叔第一个背着沙包，冲进了水里。可是，水那个急啊，兴叔跟跟跄跄，眼看就要被大水冲走，是阿春一手提木桩，一手拿大锤，跳入湍急的水中，用他坚悍的臂膀，打下第一个木桩，卡住了兴叔的沙包，稳住了兴叔的阵脚。然后，他又迅即打下第二个木桩，第三个木桩……大家缓过劲来，纷纷扛起沙包跳进水里，这才把冲垮的堤口，重新给堵起来……"

说到这里，花伯眼角噙满了泪花。

"花伯，别说了，我是我们村土生土长的土人，为我们村的父老乡亲们尽力，是我本分啊。"阿春见花伯落泪了，连忙走上戏台，伸手想扶住花伯。

花伯摆摆手，示意阿春站在旁边，然后继续说道：

"决口是堵住了，可是凶猛的水，已经把我们的农田和村庄淹没了，这时候，还是阿春有办法，他跟养虾池的朋友，借来好

三、庆功

几台抽水机,抽了整整一天一夜啊,这夭寿的大水,才终于退了。而阿春这孩子,愣是一天一夜没合眼……"花伯说着说着,哽咽了起来。

"我……我……就不信邪!"阿春诺诺应道。

台下很多人跟着落泪了,这种泪水,是喜悦的泪水,是感动的泪水,是幸福的泪水。此时的阿春,已经抬起了他胜利的头,他的脸因激动而满是红光。我相信,此时此刻,阿春就和世界上任何的英雄人物一样。

"感谢阿春!"

父亲大声地致谢,打破了这种让人分不清是喜是悲的尴尬场面。

"若不是阿春有勇有谋,今天,我可能就没法站在这里了,而且,我们村也不知道要被大水淹多久!所以,为了表达谢意,请大家给他以热烈的掌声,好不好?"

"好!好!"庙埕里再次沸腾起来,掌声雷鸣,而喧嚣的锣鼓声,也不失违和地有节奏再次"锵锵隆咚锵"响了起来。

待锣鼓声和掌声停了下来,父亲再次提高嗓音说道:

"还有,为了给阿春庆功,我提议,今天拜妈祖的生猪,直接留一条腿给阿春家,大家觉得如何啊?"

"我们可没有意见,这是应该的啊!"

"当然可以啦!阿春可是冒着生命危险,才打下木桩!"

"阿春是个好小伙,要没有他,不知道还得损失多少啊!"

戏台下的氛围一下子热烈起来,大家你一言我一语,恨不得说尽阿春的好。忽然,锣声清脆响起,众人连忙转头寻觅,发现原来是老知青洪菜头①怕说不上话,他抢过锣鼓队的锣敲了起来。

---

① 闽南语发音中,洪与红同音,菜头指的是萝卜,故洪菜头为红萝卜之谐音。

见众人注意到他了,他连忙踮着脚,伸长脖子,瘦小的身躯弯曲成"S"形,特别像一只准备入水的鸭子,非常活泼有趣。他推了一下眼镜,做出一副大义凛然状:

"把我家那份也分给阿春!"

众人一听,哄笑起来:

"你某鱼吃多了——咸①,你是唔惊伊拿树枝来打你!"

"我才唔惊伊!"洪菜头双手叉腰。

"麦白贼②,你某拿树枝追过来了!"

洪菜头一听,连忙转头寻觅,却没觅着自己老婆,知道被戏弄了,只好冲众人尴尬一笑。众人见状,又笑作一团。

要说洪菜头,那可有意思了。村里人几乎不知道他的真实名字,也不知道他来自哪里,只因他圆溜溜的头壳,稀疏的毛发环绕四周,中间却寸草不生,神似被拔掉叶子的红萝卜头,而他又姓洪,故从此有了"洪菜头"的美名。总之,别人这么叫他,他不但不生气,反而很乐意地应和着。他身材矮矮瘦瘦的,穿着邋邋遢遢,完全看不出是肚子有墨水的人,唯有那凹陷的鼻梁上架着的已经磨损严重的眼镜,或者能证明他曾经念过书。据说,当年他是响应号召下乡来到我们村,来的时候还有一女的,一起安排住在菜头婶家里。一年后,女生返城了,而洪菜头却不知道为啥留下了。那时候,洪菜头虽然身材矮小,但也白净文气,虽然也免不了要干些农活,但他写得一手好字,村里许多姑娘都惦记着他,可菜头婶占有地利。有一段时间,洪菜头可能因返不了城,寻死觅活好几次,是菜头婶日夜陪伴,帮他度过那段阴郁的日子,从此俩人就走到了一起。婚后,也许是因为双方文化悬殊较大,也许是洪菜头那瘦骨架根本干不了农活,茶米油盐的生活重担便压在菜头婶身上。于

---

① 咸,在闽南语方言发音中,不仅指口味,也指一个人很小气。
② 麦白贼,闽南语方言,麦指不要,白贼指爱说谎。

三、庆功

是,夫妻俩两天一小吵,三天一大吵,日子过得喋喋不休。每次争吵,菜头妗就随手操起树枝,追着洪菜头厝前巷尾跑。村里人看了,也只有无奈地摇摇头。可是,洪菜头却也没有觉得怎么样,吵过后,他还是偶尔拿起书看,偶尔拿起毛笔挥毫几把,如同什么事也没发生过。可怜的是他家的独生子,在这样的家庭环境影响下,书也不读,活也不干,从小歹子浪荡①。

"好了,好了!大家别取笑老洪了!老洪可是我们村最有文化的人,你们再笑话伊,等到了春节,伊可不给我们写春联了。"只是阿春带着调侃的劝解,并没有缓解洪菜头的尴尬,反而让大家又忍不住捧腹大笑一番。

"大家静一静!静一静!"

花伯有重要的事情想说,见大家兴致很高,只好等大家安静了下来,才喊道:

"俗话说,出力得看少年家!这次堵决口,阿春表现出的冷静、勇猛、智慧,都让我刮目相看。我本来还担心我们村的那伙网的代公后继无人,今天想来,这阿春,正是不二的人选!所以,我隆重宣布,从今天起,我们村的这伙网的代公,就让阿春来当了!"

花伯话音刚落定,一时,庙埕里欢呼声、呐喊声、掌声、锣鼓声等此起彼伏,响彻云霄。

阿春被感动了。他热泪盈眶,连忙用手臂擦拭,然后不停地跟大伙鞠躬,最后,待情绪稍缓,他感激地说道:

"感谢花伯村主任!感谢兴叔!感谢全村的父老乡亲!大家对我如此信任,我一定用行动回报!能为村庄、为大家尽力,是我作为村民应该做的。所以,兴叔建议的留一条猪腿给我们家,我觉得没有必要,生猪就按照惯例平分了吧。"

---

① 歹子浪荡,闽南语方言,指不务正业。

远 庄

　　说完，他继续鞠躬，然后低调地站在戏台上，却如战场上得胜归来的将军，昂起了胜利的头，露出了胜利的微笑。

　　众人叽叽咕咕，说不尽阿春的好！

　　我瞟了台上的阿春一眼，面对这个让村里人都感激的人，我曾试图用我幼小的心灵去解读他，但直至如今，我依然无法理解他。在我年幼的大脑里，之于阿春，更多的是悲痛、厌恶、仇恨，也许就是因为记忆中残留的那难以磨灭的一瞬，那曾经的一瞬该是多么的悲壮！有时甚至在我睡梦中，总是无止境地重复着那个瞬间所发生的一切，重复着那个可怕的镜头，重复着那个早晨血红的太阳，然而等我醒来后，我只是麻木地呼喊着，泪水潮水般汹涌……

　　忘却只是欺骗自己，而回忆只能增添痛苦！

　　我相信，这种无法解读的东西，应该就叫作宿命……

四、海娃

我是一个土生土长的海娃！我的家乡位于东南沿海的某个半岛。半岛是一条伸向大海的狭长的陆地,狭长的陆地中间有一条公路,公路把这个半岛分成两半,两边分布着村庄,各据一片海,但当地人不叫海,地势较低的一边叫前江,地势较高的一边叫后江。

我们村叫远庄村,刚好就在这个狭长的陆地中央,在郁郁葱葱的木麻黄林里很不显眼。每天,海浪拍打着这个被海水包夹的村庄,日日夜夜不停地为海边的人们歌唱。文明通过这条公路带到远庄村,远庄村把不文明的东西又通过这条公路带出去。一条汇聚了所有细水的小溪,从远庄村的中央出发,唱着朝霞映红了天,唱着夕阳西下天涯人断肠,唱着花谢花开春去春又回;唱走了时光荏苒,唱走了岁月蹉跎;而后就一头倒进了那个浩瀚的前江的怀抱,匆匆,不回头!这条小溪也不知道流了多少世纪,奶奶说,她小的时候,它也是这样流的。

前江多淤泥,经常发生海水漫灌,因此堤岸会筑得比较高。堤岸过来,是一块又一块形状不一的虾池,在当地称为"埭",有经验的村民承包去养殖各类海产品;再过来,是一片沼泽地,长着没过人高的茂盛的芦苇林和绿油油的水草。平日里,一望无垠的芦苇,随着风的柔拂海浪般地起伏着,像一座掩盖在白色面纱之下的神秘宫殿,偶尔几只淘气的白鹭,倏地从芦苇林里冒出来,多嘴地

远庄

炫耀我们这群海娃共同拥有的快乐殿堂。

> 白鹭鸶,
> 车畚箕。
> 车到溪仔墘,
> 跋一个倒,
> 拾着两仙钱……①

我们会一边唱着童谣,一边嬉戏在这片芦苇林里,一边奔跑在柔软的草地上。那是怎样的一个美好的世界啊!那是滋长我梦的地方!那段童年的日子,是我永远也磨灭不了的一段最值得珍藏的光阴!在这里,没有忧伤,没有痛苦,有的只是无忧,有的只是童真,在这里,每个孩子都有一个金色的梦,遥远而陌生。

总是,总是忘不了那芦花飘散的季节!

苍穹下的芦花,白茫茫地在风中摇摆着,摇摆着。碎了,化成百千飘散的花絮,飞舞在整片碧蓝的天;累了,它们搜索着心灵可以憩息的驿站,终于相中了那条流逝的溪,于是一片一片地、骄傲地,降落在那轻盈的水面上,随着水流注入了大海……

在每个金秋的日子,我们成群的小孩,赶着成群的牛儿,来到芦苇旁的草地,把牛缰固定在草地上的木桩后,便忘却了周围的世界,嘻嘻哈哈地奔进那白色的乐园。我们喜欢躲进比我们高的犹如迷宫似乎永远无法走出的芦苇林里,然后玩着只属于我们童年的让人回味无穷的游戏,直到那划破天际的一声"哞",惊醒了我们被童真抛弃了的心,才一个个匆匆忙忙地从芦苇林里冲了出来。此时,天已黑了,于是我们嘻嘻哈哈,成群地回去……

---

① 闽南语童谣。白鹭鸶,指白鹭。车,指翻转东西。墘,指岸边。跋一个倒,指摔了一跤。两仙钱,指两串钱。

四、海娃

在那芦苇林里，总有捡不完的鸟蛋和田鸡蛋；总有好多苟延残喘的鱼儿，由于流连于这个神奇的世界而逗留在某一处低洼的芦茎旁；总有那么多的海泥，让我们凭着心中的憎爱毫无保留地捏塑心中的形象；总有玩不完的游戏，喊不完的话……那白色的世界，不是根与茎的世界，不是水与泥的世界，它是那么充实、那么完美，完美成一曲曲童谣，在童年里，在风中，轻轻地吟唱。

后江完全不同，遍地是柔软的细沙。听村里的老人讲，在很久很久以前，海与村之间，是一望无垠的沙漠，杂草不生。某日，一群讨海人经过这里，因发现这里淡水源源不绝，下海捕鱼又常常大丰收，便在这里落了脚。后来，人越来越多，便形成庞大的村落。也许，他们是眷念遥远的故庄，便把这个寓居的地方，叫作远庄。人聚集了，村落也就形成了，但人多也抵挡不了飞沙，一日狂风漫卷细沙，把村落淹没了，一部分村民被沙土掩埋，一部分则逃难去了。风停沙静后，只有小部分人回迁，这也是我们村经过几百年的繁衍，至今才一百多户的原因。我依稀记得，村里还没种木麻黄时，一起风，飞沙便漫天遍野，遮天蔽日。风过后，万物便附上了一层薄薄的细沙，日积月累，细沙甚至堆到有些人家的窗檐下。最可怕的是，吃饭的时候，倘若忽然来一阵风，若碰巧锅盖没盖好，那沙土便直接飘进锅里了。每逢这时，大人们只好拿起饭勺，把那一层沙刮掉，剩下的饭，大家照样吃得津津有味，虽然偶尔牙齿也要咯噔一下，也只好忍着疼痛咽下去。

那时候，奶奶常说：

"我们都是吃沙长大的！有米吃，还怕有沙啊！难得有米吃的日子啊，我们当年饥饿时，连火炭都煮着吃。"

说完，奶奶就哼起了小曲儿：

风吹，风吹，
土沙耶耶飞。
讨海人，惊啥会？

远庄

  没柴烧竹纸，
  没米煮火炭。
  有海讨，
  鱼仔虾仔吃甲呀。
  没海讨，
  趁采吃粥搅土沙……①

  后来，为了防沙固石，政府号召各户人家在村庄周边的沙地种上了一片又一片的木麻黄，木麻黄长大后郁郁葱葱的，不仅点缀了这个沙土飞扬的村庄，也点缀了人们单调而荒野的渔民生活，更重要的是，那一棵棵挺拔傲立于沙丘之上的木麻黄，也成了海边人的生命树！

  当时，家家户户都会在灶脚起②大灶，其中一个放鼎，一个放锅。鼎用来炒菜做汤，锅用来做饭煮粥。而大灶生火，烧的便是木麻黄的叶子。木麻黄尖尖的干叶子是起火的好材料，一旦点上，就噼里啪啦地燃烧起来。尔后用干的木麻黄的枝干来架火，火势很旺，燃烧时间长，这样做出来的饭菜香喷喷的。由于一日三餐都得烧火，储备干柴和木麻黄的干叶子就显得很重要。于是，一有空，大人就使唤孩子们背上小竹筐，去林子里梳草。梳草是我们当地人的叫法，实际上就是去收集这些木麻黄的干叶子。这些叶子干了后，就纷纷落到地上，因为又细又长又软，不方便一根根捡，所以就有了专用的工具——耙爪，这种耙爪是用竹子做的，竹片的尾部用火熏弯九十度，然后按照扇形捆起来，再配上竹竿，就可以做一

---

  ① 闽南语童谣。耶耶飞，到处飞的意思。惊啥会，指没有什么可以害怕的。竹纸，指干竹叶，因薄如纸，故名。吃甲呀，指吃到腻了。趁采，指随便。

  ② 起，闽南语方言，指筑建。

四、海娃

个像梳子一样的耙爪。把耙爪轻轻放在地上,拖在身后,人往前走,沙子从耙爪的缝隙中过,而木麻黄的干叶子就这样被一根根梳起来了。把这样的行为起名"梳草",真是再形象不过。

懂事的孩子都想为父母分担,梳草不满筐,那就不能回家。因为家家户户都需要叶子生火,所以离村子近的林里,便常常"寸草不落",想完成任务,就得穿过一片又一片的木林。等竹筐满了,再踏着月光回家,幼小孩子的心里,都是满满的成就感。

捡干树枝也很重要,叶子是用来生火的,枝干可是最重要的烧火用的柴,所以除了掉下来的树枝不能错过,有些干枯在树上的枝干,也可以带上草格刀[①]割下来。不是干枯的枝干可不能随便乱割,只能由父母处理,而父母只能听从护林员老林的,逢年过节去老林家坐坐,叙叙旧,聊聊家常,其实就为了等老林一句话:

"你们家的木麻黄长得太旺了,可以去清理一下了。"

夏季台风频发,也是父母伤心而又忙碌的时节。每次台风一过,很多木麻黄被风刮倒,因为担心被其他人家顺走,父母常常冒着风雨,带上锯子,把一棵一棵倒了的木麻黄锯下,然后扛回家,再锯成一小段一小段的,堆在家里的角落,等太阳出来后,再晒干劈成一片一片的小木柴,然后整齐地堆在灶脚边。如果当年台风来了几次,那这一年储备的木柴也就可以用很长时间了,我们出外梳草捡树枝的任务就没有那么重了。

木麻黄可谓全身是宝!除了叶子枝干,木麻黄的根系发达,可以用来焖火炭。焖火炭其实也很简单,在地上挖一个坑,然后把挖出来的树根直接点火烧起来,大概烧到五分左右,用沙子掩埋起来,几个小时后再把沙子清理开来,一个一个黑色的火炭就呈现在面前了。火炭也是农村人最重要的储备,因为家家户户的烘炉,烧的就是火炭,主要用于煮粥、炖汤、煎中药等。闽南的烘炉大多为

[①] 草格刀,闽南当地叫法,一种带有长柄的镰刀。

红泥烧的，呈红色，分两层，上层放置火炭，有细孔，可通风，碳燃尽后灰烬也会从细孔中落到底层。每逢婚嫁、乔迁等日子，跨烘炉火是必不可少的礼仪。闽南人的除夕夜里，吃年夜饭的时候，桌子底下也要放一个烘炉，圈上红纸，烧上火炭，俗称围炉。

木麻黄也会开花、长籽，其花呈紫色，一到四五月，便一串一串挂在树上，甚是好看；七八月结籽，椭圆形，很硬很饱满，呈绿色，干后就成了黑色。小时候梳草，我常常在休息时和小伙伴追逐在丛林中，找木麻黄的籽当珠子玩，打闹时还用作攻击人的武器，因为有棱角，扔到头上可是疼死人了。

当然，与木麻黄的记忆，也是我们与这块土地最完整深刻的记忆，也是最天真烂漫的记忆。是木麻黄，给了我们这一切的美好，且不谈它固沙挡风的功能，单是它燃烧自己，给渔村人带来香喷喷的美食，就足够让人充满敬仰和怀念了。

从木麻黄林地再往大海的方向走，便来到一片坚硬的壳仔丁覆盖的地面。这种壳仔丁由大量贝壳和细沙经过多年风化作用而凝固一起，比石头还坚硬。也不知道是哪个聪明人想到，用大锤把这些壳仔丁敲成一块一块，再一担一担挑回村里，盖起一落落独具闽南渔村特色的壳仔丁厝。记得父亲当年每次去海边牵网，总会挑一担壳仔丁回家，堆在家门前的平地上，以备日后盖房所需。这层壳仔丁被挖完以后，沙土再次露出地面，只是跟林地的细沙不一样，这些沙土粗大一些，一粒一粒的，太阳下还会折射出亮晶晶的光，晶莹剔透，像白花花的大米铺在地面上。

记得当时，奶奶每次到海边，总不忘感叹几句：

"这些白茫茫的沙，要是能变成米，我们就不用过苦日子了！"

没过多久，人们又发现，从沙土往下挖，深浅不一处，还有一层厚厚的贝壳层，足足三四米厚，五颜六色的贝壳，密密麻麻、整整齐齐地排列着，数也数不清。以前在海边零星捡一些贝壳，主要用于玩耍，卖不了几分钱，可贝壳层储藏着这么多的贝壳，那可是

四、海娃

能卖出大价钱的了。于是，村里人讨完海，几乎家家户户都开始了开壳仔、洗壳仔的日子。开壳仔就是用沙切①把沙土挖开，然后把贝壳一畚箕一畚箕地担回家。洗壳仔则难度大多了，因为有些贝壳层处于地下水层，人需要在沙丘上开出一个又一个的"壳仔窟"，然后泅水到深处，在贝壳层铲一筛子，再游到浅处站立，把筛子放入水中轻轻摇晃，细小的沙子被筛出去了，留下大的就是贝壳了。总之，不管开壳仔还是洗壳仔，担回村口的贝壳都能很快被卖掉，因为商贩每日都在村口等着收购呢。贝壳是制作石灰的最好材料，在离远庄村500米处的公路旁，就有一家烧灰厂，烧灰厂搭有两个长长的大土堆，跟坟冢差不多，上面常常冒着烟，怪吓人的。那时候每次从旁边走过，我全身上下都会起鸡皮疙瘩。

每一个壳仔窟都是海边人勤劳的见证。父亲当时也挖了一个，闲暇时就去洗壳仔。那时候，成堆成堆的贝壳就堆在壳仔窟旁，幼小的我们可玩疯了、玩腻了，后来对贝壳再也不感兴趣了。又过了没多久，贝壳层终于也被掏空了，留下了一座座白茫茫的沙丘，还有一处处越挖越深的壳仔窟。

那时，给牵网的大人带饭，最艰难的路程就是过沙丘这一段，因为沙子太柔软，幼小的我们，爬沙丘常常用不上力，小小的脚好似走也走不完。最可怕的是到了中午，火辣的太阳把沙子烤得滚烫，赤脚丫惯了的孩子，脚底碰到沙子，立即发出嗤嗤的声响，因此每个孩子的脚底都是厚厚的茧。若到了晚上，太阳下山了，沙子退热快，变得又柔和又清凉，踩着细软的沙子，吹着柔软的海风，听着夜虫欢唱，追着躁动的萤火虫，手捧几把沙土，与小伙伴疯玩几把甩沙子游戏，懒得走路时还可以在沙丘上滚几滚，再踏着星月回家，真是太惬意了！

后来，洗壳仔留下的壳仔窟，成了整片沙丘的一道道美丽的风

---

① 沙切，闽南当地叫法，指铁锹。

景线。这些小水塘，很快成了孩子们的乐园，每到夏天，孩子们三两成群跑来游泳，有时候还能挖到满桶的沙贝、钓到满桶的鱼虾，收获童年满满的幸福。而且，因为壳仔窟里流出来的是淡水，有了淡水的滋养，沙丘也不再光秃秃了，龙舌兰、厚藤、野草等沙滩植物逐渐冒出沙面，点缀了原本孤寂的沙丘。

走过了沙丘，便来到优美而洁净的米黄的沙滩，这里躺着各种精美的贝壳，当然，也有被海浪推上来的死鱼。潮涨潮落，退潮后露出大面积的海滩，坚硬而平坦，却蕴藏着丰富的各种贝螺，只要你耐心循迹而挖，也会大有收获。

总之，从前江到后江，一切都在慢慢变迁，有些东西逐渐出现，有些东西逐渐逝去，唯有记忆却是永远抹不去的。作为土生土长的海娃，对这块生养自己的土地，总有说不出的情感，到底是眷念还是倦厌，到底是爱惜还是惋惜，但这一切都改变不了它的原始，它的美丽：海天一色，碧波嘶吼汹涌；夜色朦胧，夕阳斜照余晖；丛林颤动，夜虫畅唱星晚；朝晕映海，鸟叫划破天际；芦苇林、水草、牛羊、沙滩、海浪、飞鸟，还有有关海的诉说：

大海边哎，
沙滩上哎，
风吹榕树沙沙响，
渔家姑娘在海边哎，
织呀织渔网，
织呀织渔网，
哎……①

---

① 选自电影《海霞》主题曲。

五、心事

话说回来,站在庙埕上,尽管我看向阿春的眼神,如聚光般愤怒地投射到他身上,可是阿春却淡然站在戏台上,依然憨笑着,完全忽略了我的存在,忽略了我即将燃烧的怒火。

庙埕里热闹喧哗,最后,花伯摆手示意大家安静后,他才满脸堆笑,声音高亢地喊道:

"今天,趁这个特别的日子,我也要向全村父老乡亲宣布一个重要的秘密,就是美姑和阿春要订婚了,今年七月七,牛郎织女喜相会啊……"

话没说完,只见一块石头飞上台去,重重砸在阿春身后的墙上,发出砰的声响。众人吓了一跳,父亲目光如炬,环视戏台一周,便发现始作俑者,就是他的儿子。真是知子莫如父啊!他随手操起木棍冲下台,直奔我而来。

我昂首站立,怒目圆瞪,双手握紧拳头,视死如归般迎接父亲的到来。众人见状,疯狂拉住父亲:

"今天是迎神明的好日子,不要跟孩子计较啦!"

"你小子,回去就知道肉疼了!"在众人的劝解下,父亲骂骂咧咧,又走上了台。

我矗立原地,泪水忽然抑制不住,与美姑温暖与悲伤的回忆,也一幕一幕涌上心头。

远庄

美姑是我的邻居，长得水灵灵的。我承认从我有记忆起，就已经下定决心要娶她为妻，她的声音是那般甜美，甜得像百灵鸟在歌唱，可以融化冰川，可以消解酷暑，可以让我几日茶饭不思，可以让我和她一起的任何日子都充满了快乐。

> 月娘月光光，
> 起厝田中央，
> 树仔橄花开香，
> 亲像水花园。
>
> 月娘月光光，
> 照入房间门，
> 新被席新蚊罩，
> 要困新眠床。
>
> 月娘月光光，
> 照到大厅门，
> 糖仔饼摆桌上，
> 爱吃三色糖。

每逢她唱起了《月娘月光光》[1]，那声音，应该就是我家窗口的那个风铃，每天对着风，叮叮当当，幸福地呢喃。我经常缠着她，抱住她的脖子，就是舍不得她离去。

---

[1] 闽南语童谣。起厝，建房子。树仔橄，常绿乔木，种子可榨油，树脂供药用；果实绿色，长圆形，亦称"青果"，可食，亦可入药。亲像，好像之意。蚊罩，指蚊帐。困，睡之意。

五、心事

那是我更小的时候，美姑最喜欢抱我坐在她的腿上，然后用她纤嫩的手，指着我的鼻子，嘟起她的小嘴说：

"这孩子，真是可爱！"

"美姑，等我长大了，我要娶你！"

"美姑比你大，等你长大了，美姑都成老太婆了，你还要吗？"美姑抿着嘴嘻嘻地笑。

"我不管！我不管！"我用双手紧紧地抱住美姑，用尽平生所有的力气，我害怕一放手，她便永远地离我而去。

这时，美姑总是侧过头去，偷偷地擦拭眼角的泪花，直到她那硕大的泪珠落在我的脸上的时候，我才知道，美姑哭了。

我抬起头，望着她。

"美姑，你不愿意嫁给我吗？"

"好了，小调皮鬼，美姑答应你，美姑答应你！"她强拧出几丝笑意，不牵强，却是那么的动人而让人难忘。

而我紧抱她的手也渐渐放松，而后像泥一样倒在她的怀里，进入了梦乡。

那时，海鸟在空中不停地啼唱，海浪轻轻地抚摸着沙滩，整个世界是那般和谐，那般惬意，那般让人沉醉。夕阳悄悄躲进云霞，远处，芦苇、水草、溪流、沙丘、海滩、浪花，一切都被涂上了红色。夕阳似一张悲怆的面纱，也似一首悲壮的赞歌，而我却总害怕那缕燃烧的惨红！我宁愿在美姑的怀里睡死，一生都不醒来，也不想去多看一眼那如血的残阳！

一方水土，养育一方儿女！

美姑有七个姐妹，她是家里的长女，今年芳龄二十，正好大我一轮。其实，美姑家应该是有八个姐妹的，她最小的妹妹如果还在世，今年差不多三岁，她母亲也是在那一年走的。古话说，不孝有三，无后为大！在远庄村流传着这么一句话——三个男人一条船！家里没男娃，就等于拉不起一伙网，就等于扯不了生计，就等于建不成基业，就等于断了祖先的香火！重男轻女的思想，就这么一代

远庄

传了一代,也不能改变,也没人愿意改变。比如,在远庄村,逢年过节时,只有等客人吃完,妇女才能上桌吃饭;平日里哪家嫁娶丧葬,妇女也不能上宴席。总之,不仅女娃没地位,就是没生男娃的人家,也常被人在背后指指点点。有些思想保守的村民,路上碰到没生男娃的人家,还会远远躲着,生怕多待一会儿也会染上晦气。想挽回一点颜面,没生男娃的人家,也就只能等女儿大了,找个倒插门的女婿,才算是续了后,圆满了家庭。

那一年,美姑的妈要生第八个孩子的时候,全村的妇女都挤到她家,在她家里叽叽喳喳了一个晚上,因为全村也就美姑的妈生了七个女娃,这第八个可是希望啊,大家都想亲眼见证奇迹的诞生。人声鼎沸中,奶奶掰着手指算,然后满怀信心地对美姑的妈说:

"小媳妇呀,你放心!你都已经生七仙女了,这第八个啊,一定是查埔的。"说完,她便哼了起来:

一岁吃婴儿乳[①],
二岁舞舞冲,
三岁教学书[②],
四岁纺车[③]灵烈烈[④],

---

① 婴儿乳,指母乳。
② 教学书,就是教识字。闽南人说:三岁看大。讲的是三岁的孩子正是认知的开始。当然,这里的"学书",只不过是简单的识字而已,不像男子上私塾学"之乎者也",因为旧时崇尚"女子无才便是德"。
③ 纺车,织布机,在男耕女织的社会,女子从4岁起便开始学习织布等女红技艺。
④ 灵烈烈,闽南语方言,指机灵得很,表示纺车技术已经练得炉火纯青了。

五、心事

五岁观门兜[①],
六岁岸鼎灶[②],
七岁加手巾[③],
八岁加缎面[④],
九岁吃人猪脚酒[⑤],
十岁做人媳妇娘[⑥]。

奶奶哼完,叹着气说:

"歹命今生投胎做查某,后世有命再投胎做查埔啦!不过,你们的命比我们好多了,你们听听古人唱的曲儿,十岁就做媳妇娘

[①] 门兜,闽南语方言,指家门口。观门兜,指的是看家。

[②] 岸鼎灶,表面指掌握了做饭的技术,实际指可以操持家务了。岸,闽南语方言读音,表示具备、掌握,比如岸家,表示可以操持一家生计。

[③] 手巾,即手绢。旧时,手绢是类似于帕子的物件,所不同者是置于手掌之中,其用途多是捂嘴、擤鼻、拭泪、擦汗等,有时也用干净的手绢包东西。

[④] 缎面,就是简单地挽面,面指的是脸。挽面是早年闽南妇女理容常见方式,它主要是把脸上长出的汗毛,用线绞去。挽面人手拿一条坚韧的细线,用两手使线呈两角交叉状,另外用嘴咬住线的一端紧贴在被绞脸的人的脸上,然后手一弛一张,细线交叉处一绞一绞的,就可拔除脸上的汗毛,使脸部光滑明净。正式的挽面一般是女子出嫁前,这里的缎面表示简单的仪式,意指女孩已经成年,可以梳妆打扮了。

[⑤] 猪脚酒,婚庆酒。在闽南地区,每当谁家娶媳妇,在准备送往女方家的彩礼中少不了两个大小一样的猪脚,寓意两家幸福美满。猪脚的重量要在10千克左右,如果猪脚太小会显得太小气。猪脚一定要用红绳子绑在关节点上,另一头放在红纸包成的红包里面,红包里还得放十二元钱,寓意以后每年的十二个月都丰衣足食。

[⑥] 媳妇娘,指出嫁成为他人新娘。

咯！生为查某人，也只能认份①了！"

众妇女听了，顿时怆然。

母亲发现气氛不对，连忙接上话对美姑的妈说：

"麦想那么多啦，孩子奶奶不是说了吗，天顶有七仙女，地上也没可能来八仙女啊！你得放心啦，一定生查埔的啦！"

众妇女连忙附和。

美姑的妈躺在床上，抿着嘴笑。

两天后的一个黄昏，残阳如血挂在西边，倦鸟也归了巢，万籁寂静，只有远处的海浪，轻轻拍打沙滩，发出一阵又一阵的潮响。是一个路过美姑家的妇女发出的惨烈尖叫声，引来众多村民，他们匆匆跑到美姑家，才发现美姑的奶奶躺在庭院中间，身体已经僵硬了。再往她家房间里看，发现美姑的妈血淋淋地躺在床上，没气了！顺着地面的血迹，延伸到床边的尿桶，一个血团，已经把尿桶里的尿染成了红色！

这一日，凄凉笼罩着远庄村。

从此，美姑家不再平静，她父亲也不再下地干活了，而且夜夜烂醉如泥，很多次还是别人把他扛回了家。从美姑家发出的锅落碗碎声音，或是难以间断的孩子的哭声，常常震撼着邻里乡亲。每每这时，母亲总是摇着头，不由感叹：

"可怜代②啊，美姑这姑娘，咋就长在这样的人家啊，多可怜的一个孩子啊。"

生活的重担压在了美姑身上！然而，谁也没有想到的是，美姑并没有表现出异常，不管前一晚家里的异响有多么凄惨，第二天清早，她依然甜甜地笑着面对每个从她身边走过的乡亲，她爽朗地问候着大家，那声音就如同风铃响起，让每一个见到她的人，都忘却

---

① 认份，闽南语方言，认命、接受现实的意思。
② 可怜代，闽南语方言，可怜的意思。

五、心事

了她孤独地背负着沉重的家庭。

美姑是不会被生活打倒的！

犹记得，那时候村庄的周围，除了木麻黄，还有一片片的竹林，苍翠而阴郁，听奶奶说，这些竹林在她小的时候也像今天一样生长，它们紧紧地把村庄围在里面。每一个清凉的晨，小鸟总早早地起来，在宁静的天空里放歌，这时隐约还可以听到海的声音，咆哮了一晚显得有些疲惫微弱的声音。当第一缕苍翠的阳光照射下来，捕鱼的人归来了，勤劳的村民下地了，而我们一群起早的孩子，也早早地跑离了家，钻进了芦苇林，钻进了没过我们弱小身躯的水草地，开始了我们童年的游戏……

常常，就那样忘了吃饭的时间。

母亲总会站在村口，亮开她的嗓，对着辽阔的天空呼唤着她儿子的名字，那声音宛如一曲山歌，从刘三姐的嘴里滑出，在那个美丽而空旷的清晨飘荡。而我们这群调皮的孩子，即使母亲的歌喉已经渐渐地嘶哑成远处的海浪声，我们也是要等到玩累的时候，才拖着疲惫的身躯回去。

美姑也会在每个清凉的早晨，背上她家里的大箩筐，用一把很长很长的镰刀，割着那些鲜嫩的水草，那水草啊，割也割不完，不管美姑的镰刀有多么快，它们依然会在不久之后再次翠绿自己的生命！有时候我们也会帮她一起割，听她说话，听她呼呼的喘气声，听她铜铃般的笑声。自从她母亲去世后，她就养了四头大母猪、六只小山羊、一群鸡、一群鸭，这些烦人的小动物一天到晚咿咿地叫！

偶尔，我们会看到胡哥也在离美姑不远的地方，用和美姑一样的节奏割着水草，他们没有言语，只是都默默地在草地里，重复着同样的动作。每当这时，我们这群不谙世事的孩子，也会拉起胡哥，要他和我们一起玩，于是，他便充满无奈地望了美姑许久，最终还是跟我们钻进那漫无边际的芦苇林。

偶尔，在美姑的家里，我们也会发现胡哥忙乱的身影，他会一边哄着美姑年幼的妹妹，一边给小猪小羊小鸡小鸭喂食。有时候胡哥忙晚了，美姑也会喊他一起凑合吃点饭，这时候，两人有说有笑的，像极了一家人。

偶尔，在朝霞染红的某处沙滩，美姑也会和胡哥并排坐在一起，他们彼此无言地坐着，然后用他们那充满憧憬的双眼，注视着大海，注视着远处翻卷的浪花，注视着遥遥的海上刚刚升起的大红的太阳。

人们都说，美姑和胡哥两小无猜，感情真好！

有时候，我甚至闪过把美姑让给胡哥的念头，我想，如果我真的娶不了美姑，那就暂且让给胡哥吧，我知道，胡哥是绝对不会欺负美姑的。

可是，那是一日的清晨，水草地却不平静了！起早就来水草地玩累的我们，匆匆回家吃了早餐，就赶着牛儿，唱着歌谣：

牛崽喔——
乖乖跟牛母，
牛母生你真艰苦，
不通跟人行没路，
害得牛母找你无……①

我们不太明白为什么要哼起这样的歌谣，只晓得母亲是这样教我们的，而只要我们学着唱起来，小牛儿就会乖乖跟在母牛后面不乱跑。有时走累了，我们还会偷偷爬上牛背，让牛儿驮着我们，回到那片充满幻想与乐趣的草地。

水草青翠、嫩长。我们迫不及待地拴好牛绳，就奔进草地里，

---

① 闽南语童谣。不通，不要的意思。牛母，指母牛。行没路，指迷了路。找你无，指找不到你。

五、心事

玩起捉迷藏的游戏。小伙伴们都开心极了，跑呀喊呀叫呀，玩得不亦乐乎！正在这时，在一处偏僻的草地，当我的小手兴奋地拨开眼前的水草，却看到美姑一丝不挂地躺着，阿春赤裸的身体覆盖在她身上运动，两只铁钳般的手重重地压住她使劲挣扎的手。我看到阿春那丑陋的屁股，在朝阳的照耀下，就像两块煮熟了的野猪肉在美姑的身上颤抖。美姑被牙齿咬出的血，染红了她的唇，那血红如同胭脂般在颤抖，美姑眼角滑落的硕大泪珠，却似海水般汹涌……

我感到极度愤怒，发狂的神经让我超出了一个孩子的单纯与忍耐，我颤抖的嘴唇不知道吐露了什么样的字眼，发疯般向阿春扑了上去，用我的小手使劲地在他的身上擂打。阿春回头看到我，虽然有些突然，但还是用他粗悍的手臂将我一甩，把我甩在不远处的水草边，然后拿起他扔落一地的衣服，一步一步地消失在水草的边沿。

草地上，只见美姑白皙的肌肤，耸立的双峰，在阳光照射下熠熠发光。见我在旁边，美姑匆匆而又略显无力地拿起衣服穿上。我赶紧爬了起来，奔向美姑，紧紧地抱住她。

"等我长大了，我一定娶你！我一定娶你，美姑！"我喊着。

美姑用力地抱紧我，呜呜地哭泣。

"等我长大了，我一定保护你，美姑！"我大声宣誓。

美姑大声地抽泣！

"我让胡哥一起保护你，不再让坏人欺负你，美姑！"

我忽然想到了胡哥，心里责怪他今日为什么不在场。

"他不是坏人，他不是坏人……"

美姑喃喃自语，抱着我的手更紧了，我能感受到来自她身体的热度，却也似乎体会到她心里的凉意。

与阿春有关的这段愤怒过往，早已凝固在我的心头，怎是一块飞石能了却这心中的恨啊！如今，面对庙埕上的人们，他们依然那般热情高涨，这怎么能让我咽下心中的那股怒气！

远 庄

尽管父亲的放刁①那般凶狠,但今天我必须昂首站立,以示我的愤怒,我怒目圆瞪,双手握紧拳头,视死如归般注视着台上的阿春!

我不害怕和他来一场决斗!

---

① 放刁,闽南语方言,指威胁。

六、下跪

尽管我的愤怒在无边蔓延,但没有人会在乎一个弱小孩的情绪。戏台上,花伯的声音再次响起:

"大伙说说,多好的姻缘啊,阿春,只有美姑配得上。而美姑呢,多好的孩子啊,也只有阿春才有福气娶她呀!这次,两边的家长催我可催得紧啊,可我呀,也只是当个现成的红娘,哈哈哈……"

花伯讲得神采飞扬,台下却沸腾了。

"这……不是说美姑跟别人有了……"

"嘘!会不会是胡哥造的孽啊……"

"麦乱讲,我看胡哥应该不是那样的人……"

"美姑看起来也不像不守妇道……"

"我看不会啦,她真的挺可怜的……"

"哎,说起来阿春真是好小伙,这情况他还不嫌弃……"

"是啊,听说阿春还答应倒插门啊!"

……

我或许有些感触到事情的缘由了。尽管发生在水草地的那一日清晨的事,总时不时缠绕在我脑海,但我幼小的心灵却从未预想,这之后会对美姑造成怎样的伤害。我常常盼望着自己早日长大,长大了就可以拥有健硕的身躯,拥有温暖的臂膀,就可以保护美姑,甚至可以娶她。但从人们的讨论中，我还是依稀明白，美姑的肚子里有娃了，而这个事，我料想应该还是跟那一日的清晨有关！

记忆的潮水，再次汹涌而来。那是不久前的一个黄昏，我们在巷子里玩着弹珠子的游戏，忽然，一阵又一阵的呜咽声，刺耳地从美姑家里传出，悲凉而凄切。我们愣了一会儿，匆匆跑到美姑家，却见美姑家的大门虚掩着，推门进去，只见美姑被五花大绑捆在她家走廊的圆柱上，美姑的爸则手拿一根一米左右的竹竿，一次又一次重重地抽打在她细嫩白皙的大腿上，瞬间，一道道血痕如鲜花怒放。

我看到美姑眼噙泪水，嘴唇已咬得红润，但却不说一句话。随着美姑的爸一次又一次地抽打，蹲在墙角瑟瑟发抖的另外六姐妹，也一次次发出哭喊声，场面很是凄惨，让人戚戚。

美姑的爸狰狞的脸涨得通红，如被海浪撕得粉碎的夕阳，他愤怒咆哮道：

"你到底是和谁有的？是不是胡哥那小子？"

美姑依然咬着唇，一句话也没有说。

"你到底说不说！说不说！"竹竿从空中画出弧线，而后再次重重地落在美姑的身上，豆大的泪珠瞬间从她的眼角掉了下来，一滴，接着一滴。

此时，美姑家门外已经围满了人。大家似乎明白了当前发生的事，他们一个个围在门口，却没有一个人向前劝阻。也许，在这个"伦理道德"占统治地位的远庄村里，一个女孩子未婚先孕，就是不爱护自己，就是伤风败俗，丢的不仅是美姑自己家的脸面，丢的也是全村人的脸面，所以挨她爸一顿揍算得了什么呢！

因此，抽打的人继续抽打，哭喊的孩子继续哭喊，沉默的美姑继续沉默，围观的人群继续围观，场面成了无解的方程。

"美姑爸，你这是干什么啊！"随着一声叫喝，一个身影拨开人群，直走到美姑面前，他松开捆在美姑身上的绳索，心疼地说道，"孩子有苦衷啊，你这样打她，也解决不了问题啊！"

六、下跪

"她妈走得早,这个家就指望她了,她不知?"

"家丑不可外扬,你动静闹这么大,让孩子以后按怎①做人啊!"

"唉!那粒巴豆早晚藏未条啊!②我这是,哎,这是问她,到底是哪个遭天谴的造的孽啊!"

"知道又怎样,我女儿的命,还不是一样苦啊!"说完,这个老男人自顾哇哇大哭起来。

这是我第一次见到我敬重的花伯村主任大哭,而且是在众目睽睽之下号啕大哭。我依稀记得,那是两年前的事,那时候奶奶还没过世,花伯的女儿似乎发生了什么,后来好像是匆忙嫁到邻村去了,隐约记得跟傻叔有关。再后来,也常见花伯的女儿回娘家来,但每次回来,身上常常青一块紫一块。村里的大男生每次碰到她,也常常冲着她喊:"这么肥沃的田,也想上犁一回。"但她从不理会,躲进娘家便不出门。

见到花伯村主任哭得如此惨烈,美姑的爸嘴角颤了颤,"打她,我心也痛!现在,像绳子打结了,总要有人解啊!"说完,他扭过头,便也恸哭起来。

围观的人群中,有些人也跟着抽泣起来,但依然没有人上前一步!现场唯有此起彼伏的哭泣,场面依然如无解的方程。

"我要娶美姑!只要美姑愿意,什么条件我都愿意!"

这时,阿春推开众人,冲进门来,冲到美姑的面前,在众人讶异的目光中,紧紧地抱住美姑。

我看到美姑的双手明显的抗拒,她也许想推开,可她应是全身乏力,根本使不上劲,推搡的双手停留在阿春的腰间,给人一种环

---

① 按怎,闽南语方言,怎的意思。
② 闽南语方言。巴豆,指肚子。藏未条,指藏不住。这句话大意为:那个肚子迟早是藏不住的。

抱阿春的错觉。或许,我才是最懂美姑的人,我明白她心里是何等的难受、何等的嫉恨、何等的无助,可是,我没有勇气站出来,也没有勇气说出来!我无法预判,真相带给她的会是幸福,还是更多的无助。

人群叽叽咕咕起来,一半是对阿春的盛誉,一半却是对那个臆想的造孽者的诅咒。我有些迷糊了!

"这是美姑家的事,大伙还是各回各家吧!"

见围观的人越来越多,花伯示意阿春留下,又忙着劝走围观的人群,然后"哐啷"一声,把美姑家的大门关了。

乡亲们叹息着走了。我望着紧闭的门,听着从门缝里飘散出来的细微的声音,眼泪如潮水般汹涌,但也只能无助地矗立在原地,我已经迷糊了。

或许,生活就是这样酸涩,和海水一般!

或许,回忆只会徒增痛苦,像生活一般!

在这个热闹的庙埕,尽管我的思绪在零乱地飘散,然而"大戏"还在继续上演……

"不行!不行!美姑是我新妇①!美姑是我新妇!"

一声撕裂的喊叫打乱了我的思绪,也刺穿了喧嚣的人群!人群先是愣住了,而后迸发出一阵又一阵刺骨的笑声,回荡在庙埕的上空。

"这不是胡老头吗?"

"毛神!②"

"起毛神!③"

所有人嫌弃地回头望向胡老头,只见他全身上下每一寸肌肤都

---

① 新妇,闽南语称谓,指儿媳妇。
② 毛神,闽南语方言,疯子的意思。
③ 起毛神,闽南语方言,表示发疯癫。

六、下跪

黑黢黢的,如刚从尘封的泥土中钻出来,蓬乱而污浊的头发,因久未清洗而打结,眉毛胡子根根耸立,那从垃圾桶里捞出来的发馊的饭粒,还残留在他沟壑明显的脸庞。他上身披着一件破烂而潮湿的西服,可能是因为扣子掉了而没有扣上,袒露的胸前能清晰看到两排排骨似的骨架;下身穿的裤子裤管一高一低,一边满是破洞,且长长地拖在地上,另一边不知道何故扯烂了,断口直至上腿。

胡老头远远地站在庙垭的一个角落,但其身上酸臭的呛人气味却早已不安分地向人群挥发,以致一些人不停地扇动手掌,一些人则用手紧紧捏住鼻子。同时,一部分离胡老头较近的人连连后退至安全距离。很快,人群与胡老头形成了鲜明的对峙,谁都不敢向前一步。

胡老头怯怯地站在原地,眼神飘忽不定,嘴唇翕张,发出各种胡乱言语,拧皱的躯壳也不时发出颤抖。忽然,他再次抬起头,望向人群,望向戏台上的人,愤怒地号叫:

"不行!不行!美姑是我新妇!美姑是我新妇!"

他在抗争,却也在乞求,污浊的双眼早已坠满了泪珠。即使他声音高亢,却掩饰不住一种无奈、一种绝望,那声音从他粗糙的嘴唇里滑出,有一种比呜咽更震撼人心的悲凉,这种悲凉的弦音顺着古老的深山密林,顺着阿炳的二胡涌出,然后战栗在凝固的空气里,也回荡在我幼小的心灵里。我犹记得,奶奶还在世的时候,他并不似今日这般狼狈,他偶尔会来找奶奶聊聊天,偶尔也给我们讲各种新奇古怪的故事,而他的嘴里,总是藏着永远也讲不完的新鲜事。那时候,他也是干净整洁的,也是和蔼可亲的,可才几年的光景,胡老头怎么就糊涂成了这样?

这一刻,胡老头眼角的泪,浸入了我的骨髓。

"不行!不行!美姑是我新妇!美姑是我新妇!"

胡老头声音逐渐减弱,渐而成了呢喃。人群先震惊了,全场鸦雀无声,片刻之后,却又爆出比之前更为热烈的笑声。

忽然,胡老头低下了头,对着人群跪了下去……

他长长地跪了下去……

然后，他双手不断起落，朝着人群拜，朝着庙埕拜，朝着妈祖拜，朝着无知拜，朝着希望拜，朝着失望拜。他一边拜，一边呜咽，低沉的声音渐渐微弱，细如蚊叫，但还能依稀听出是"美姑是我新妇"……

我好想走上前去，扶起他瘦弱的身躯，喊一句胡爷爷，可有一张无形的网把我紧紧罩住，我双腿僵硬，迈不出半步，我的眼角已经模糊了，我的喉咙已经堵塞了，我只是僵直地傻傻地站着，站着……

而他跪着的身躯，顷刻间倒了下去……

人群也顷刻间停止了笑声。

这时，一位身材瘦弱的年轻人，颤巍巍地走出人群，走向胡老头，阳光此时正斜射在他俊秀的脸上，使得他的脸白得发光，而看不出任何表情。他的脚步有些缓慢，如电影画面一帧一帧缓慢地推进，时光也在缓慢地行进。他走到胡老头身旁，再缓缓弯下腰，艰难地搀扶起瘫倒在地的胡老头，一晃、一晃，走出了庙埕，消失在人们的视线中……

我微弱无力地喊着：

"胡哥，胡哥……"

庙埕里死一般寂静！

七、命运

在远庄村人的眼里，胡老头是个毛神，是个低贱的人。

"只恨命运创治人，是我憨慢，是我憨慢……①"也许，这几句闽南语歌词，完全是胡老头一生的写照，也是那一代人的写照。

胡老头活着，倒不如一只会摇尾巴的狗，至少他儿子也曾经这么说。贫穷、落魄、冤屈、绝望以及对儿子的愧疚，使他活着就如同死去。

也不知道他是记得，还是忘却了自己，他常常走出自己充满牛屎味的破厝，穿上路边随便捡拾的烂衣服，流浪在各个村口，流浪在各个巷角，饿了，掏着垃圾桶里的剩余饭菜，渴了，蹲在任意一处水沟旁，也不管水沟里的水有多臭，他都大口大口喝起来。错误的时空，扭曲了他的灵魂，扭曲了他的肉体，他如同一具行尸走肉，在厝前巷尾游荡着。没有人尊重他，没有人理解他，他或许想解脱，但他或许永远也不能解脱……

胡爷爷跟我的奶奶是同一代人。

奶奶说，他们那一代人，除了掐日子盼孩子长大，还能奢望

---

① 摘自闽南语歌曲《初恋》歌词。创治，闽南语方言，表示捉弄。憨慢，闽南语方言，表示愚钝。

远庄

什么？

得闲的时候，奶奶喜欢拐着她的小脚，颠颠晃晃地走到离村边不远的海滩，坐在那被海水浸蚀得滑溜滑溜的石头上，然后看着夕阳下泪，直到黄昏不再、残红消退的时候，才又满怀遗憾地回家。

奶奶是童养媳，因为她娘家穷，出生没多久就被卖到爷爷家。十二三岁时，她出落得亭亭玉立，后来跟了一个民间芗剧团学唱歌仔戏，可能因为人美音甜，不久被选为旦角。在当地，姑娘长得美的，常被称为"阿旦"，由此可见奶奶当年长得有多惊艳。为了"肥水不流外人田"，在奶奶十六岁那年，爷爷家里人不让她回戏团，而是把她接回了家跟爷爷成了亲。

爷爷家本是书香门第。爷爷的大哥曾当过民国时期的官，卸任后下海经营盐场、农场，后来，随着生意扩大，又建了码头买了货轮，因有哮喘病，一次被货轮烟囱的浓烟呛到，导致哮喘不止当场归阴，终年三十九岁。大哥不幸过世，留下三个嗷嗷待哺的孩子和一个青瞑[①]大嫂。为了照顾一家老小，爷爷只能大学一毕业就选择返乡，那时正值新中国成立，返乡后他先被借调在村大队当会计，后又被安排到隔壁村的镇办食品工厂当出纳兼保管。由于奶奶"三岁抱俩[②]"，即使前面几个不成丁[③]，也还留下五个小崽胡乱跑，放心不下一家老小的爷爷，每日太阳刚下山，就偷偷跑回家帮忙照看孩子。不料，在他回家的档口，找不到爷爷的客户、工人们急着取走食品，有些报了单，有些就不报单，结果到了年终一核算，不得了，工厂生产的食品丢失数量极其庞大，便认定是爷爷偷回了家，于是几组人马轮番来到家里，掘地三尺愣是找不着任何东西，只好把爷爷关了起来。那时正值

[①] 青瞑，闽南语方言，指盲人。

[②] 三岁抱俩，闽南当地说法，指三年间生俩娃，表示某妇女特别能生。

[③] 不成丁，闽南当地说法，指孩子夭折了。

七、命运

"三反五反"时期，戴高帽、蹲尿桶、踩碎玻璃、敲锣游街……几乎日日折磨，可爷爷嘴硬，始终不肯"交代罪状"。

听说当时，胡老头是爷爷的同学，他也是读书人，曾经也跟爷爷争大队会计，有一段时间也很记恨爷爷，后来爷爷调走了，他也终于接替上了大队会计的职务。可当爷爷被搜家的时候，却只有胡老头一个人站出来，说爷爷绝对不会偷工厂里的任何东西，他以个人名义来证明爷爷清白。有一晚，刚好轮到胡老头看管爷爷，两个人许是说了诸多知心话，直到入夜，胡老头睡着了，爷爷发现关押的大门没上锁，便匆匆跑回了家。据说，那一晚，爷爷跑到家已是雄鸡报晓时分，他走进厨房，找出一把长长的菜刀，本是读书人的他，怕自己力气不够，只好将刀柄插入门缝，然后脱下上衣，把自己的肚子靠着刀往里挪了进去……他拍着门，喊着奶奶的名字。奶奶打开门，发现爷爷应身倒在血泊中……

那一年，爷爷也刚满三十九岁。

奶奶说：

"你爷爷临终交代，孩子长大了，一定让他们背畚箕，不通背抱书！①"

我料想，爷爷至死可能还怨恨，自己曾经识得的一些字害死了自己。也许是冥冥中注定，父亲那一代人，却真成了半字不识、纯纯正正的农民。

死去的人从此得到解脱，而活着的人，只能坚强地活着。

从此，奶奶颠簸着小脚，一个人扛起了生活的重任。纵使她干不了粗重的农活，但也依然顽强地维持着一个家，拉扯着一群孩子长大。她有一颗慈悲的心，据村里人说，奶奶从地里晃悠悠地扛回

---

① 闽南语方言。畚箕，闽南农村常用的一种农具。抱书，即指书包。背畚箕，不通背抱书，意思是：让子孙后代当农民就好，不要让他们上学识字。

远 庄

俩畚箕地瓜，一路上看到比她生活艰难的人家就分几个，结果到了家，经常是俩畚箕空空的。犹记得在她去世的前几年，村里几户多孩的人家，还把小孩托她照管，她是伺候吃、伺候穿，比照顾自己的亲孙儿还上心呢！

话说回来，当年胡老头因为看管爷爷不严，不仅丢了大队会计的职务，人也被关了，后来据说因"抵抗政府"罪判了几年。胡老头被关了，家里就只剩胡大妈和胡哥寡母孤儿，那时候胡哥跟现在的我年纪相仿。一个完整的家瞬间支离破碎，胡大妈扛不住如此巨大的打击，在一次外出劳作时直接倒地，从此再也没有站起来，留下未满十岁的胡哥独自一个人生活。

"可怜代！可怜代！"

远庄村人慨叹着，纷纷为胡哥伸出援助之手，可胡哥这个孩子倔强着呢，他从不拿乡亲们援助的一分一毫，其自强自立、自力更生的品格，有一段时间也成了远庄村的美谈。

可没过多久，也许是靠捡瓶瓶罐罐收入太过微薄，后来胡哥找到了一条更好的谋生之道，便是把随地可见的牛屎捡来晒干，装成一麻袋一麻袋，卖给某个培育蘑菇的生意人，据说每次都能卖出好价钱。此后，胡老头留下的破厝角落，堆满了成袋的牛屎干，院子里几乎成天铺满湿牛屎，密集的牛屎散发出来的气味，飘荡在破厝的四周，甚至充斥了整条巷子，以至于从巷子经过的人无不一边捏着鼻子，一边疾步而走。

"粪叟①胡"从此成了胡哥的代号。"粪叟胡的厝边过——跳进黄河洗麦清！"远庄村人发明的歇后语，明显带着夸张讽刺的味道，但这些并没有影响胡哥的日常，他依然我行我素，日复一日捡拾着牛屎，晒干、装包、贩卖，日子却也渐渐宽裕起来。

当远庄村人见到胡哥都躲着走的时候，美姑并不嫌弃他。每次

---

① 粪叟，闽南语方言，垃圾之意。

七、命运

与胡哥相遇，即使胡哥总是躲躲闪闪，但美姑总会上前寒暄几句，说着说着，铜铃般的笑声洒落一地。孩子们也不嫌弃他，也许是孩子的鼻子没有大人的灵敏，我总觉得胡哥身上并没有人们所说的那种吓人味道，而他为我们带来的零食、为我们买来的新鲜玩具，他讲述的一个又一个的神奇故事，让我们在一起的时光都充满了无穷的乐趣。

过了两三年，胡老头终于走出监狱回家了。回家后的胡老头性情大变，变得沉默寡言，几乎不与人交流，但他偶尔会来找奶奶聊聊天，偶尔也给我们讲爷爷年轻时候的故事。某一次，一位县里来的干部听说了爷爷和胡老头的情况，说类似的"冤假错案"陆续平反了，让他也尝试写申请材料。那些日子，每次来到奶奶家，胡老头总哼着小曲儿，心情开朗多了，甚至有时候还加入我们孩子的游戏队伍。可是，胡老头这个愉悦的状态并没有延续多长时间，随着他的申请材料一次又一次被打回，他的精神终于崩溃了。

记得那一次，胡老头从县城回来，便匆匆来到奶奶家里，他手里拿着一叠写得密密麻麻的纸，面若土色，情绪低落，说："县里说，我和老陈①不符合申请条件……"说完，他眼神呆滞了许久，忽然就放声号啕大哭。奶奶正要上前安慰，不料胡老头直接倒地，全身痉挛，口吐白沫，吓得正在玩耍的我们气也不敢喘，匆忙跑去喊胡哥。胡哥匆匆赶来，背起胡老头就往公路上赶，后来拦车就去了镇医院。几天后，胡老头从医院归来，精神也开始变得错乱，好的时候还能跟乡亲们问候几句，不好的时候就忽然口吐白沫倒地不起了。又过了一阵子，胡老头倒地的频率越来越高，每次都是胡哥背着回家，可是他醒来后又跟正常人似的。再后来，胡老头精神错乱越来越严重，最后连破屋也不回，澡也不洗，一身酸臭味地流浪在各个巷角，尽管胡哥把他拉回家几次，但胡老头还是"逃"了出

---

① 老陈，这里指我爷爷。

远庄

去，最后连胡哥也难以顾及了！

从此后，胡哥家的破厝，更是没人敢路过！那巷子，也流传着各种阴森的故事，让胆小的孩子不敢靠近半步。若是哪家的孩子哭闹，家长只要喊一声："暗暝抱伊跟胡哥困①！"孩子便立刻安静了下来。

粪叟胡，
有遗传。
小胡捡牛屎，
老胡翻烂菜。
一个田埂拱②
一个巷仔纵③。

也不知道从何时起，远庄村的巷角开始流行起这样的调调，这完全是诋毁胡哥在我心中的形象，记得那时，只要哪个孩子敢开口唱，我一定追着他们满巷跑，并死死摁住他们，直到他们亲口说"对不起"，并保证永远不再唱这样的滥调，我才饶过他们。

可是，凭我一个孩子的力量，怎么能维护得了胡哥的尊严呢？这个调调，没过多久就在远庄村唱开了。

奶奶说："人活一世，都是命运！每一处转角，拢是④天注定，没人逃得过。拢是命运啊！"奶奶慨叹完，便开始念叨："胡老头再惨，至少还有胡哥，傻叔呢？"

谁曾想，奶奶去世没几年，她心心念的傻叔也死了。

---

① 闽南语方言，暗暝指夜半时分，困指睡觉。
② 拱，闽南语方言谐音，也叫起拱，胡乱走，有时也指疯子。
③ 纵，取闽南语方言谐音，没有章法、胡乱走来走去之意。
④ 拢是，闽南语方言，都是之意。

八、傻叔

傻叔死了。在那个黄昏。

他手里拿着一瓶农药,喝酒般地狂灌,然后在村口的那条小路上狂跑,手舞足蹈地喊着:"一切都过去了!一切都过去了!"而后突然倒在远庄村的小路上,口吐白沫,眼珠翻白,手指发黑。

夕阳染红了天,一群群乌鸦从天边飞过,"啊呀啊呀"叫个不停。风停了,一切都静止了,时间窒息在那个可怕的黄昏。远庄村在夜幕来临之际,在一片叹气声中,渐渐进入了休眠状态。

乡亲们告诉我们这群一直以来喜欢跟随傻叔的孩子,傻叔死了,傻叔永远都不再回来了。不一会儿,大人们就把傻叔抬进了木麻黄林里面[①],他们赶走我们,不让我们接近傻叔的尸体,也不让我们跟着过去。我们这群顽皮的孩子不再嘻嘻哈哈了,而是用无知而呆滞的目光,望着人群远去,而后消失在视野里。我们不明白,什么是死,什么是永远不再回来,我们只知道期待,期待有朝一日能看到傻叔熟悉的身影。

[①] 闽南地区当地风俗,人死在外头的,尸体是不能进家门的,因此只能在家外面临时搭设灵台,待入土为安后,方可找类似巫婆的"西姨"进行引魂。

然而，傻叔真的永远都没有回来了。

还记得那一次，傻叔要相亲了。

听说是邻村的一个憨姑娘，长得蛮漂亮的，我们偶然见过几次，也不觉得有多憨。每次经过我们村子，不管别人说什么，她都会咯咯地笑，挺可爱的。我们都很高兴，替傻叔高兴。

平日里，傻叔喜欢躺在奶奶的床上，悠闲地抽烟，那烟雾从他的口里、鼻孔中冒了出来，弥漫在奶奶那阴沉而潮湿的房间。这一次，因为要相亲，前一晚他又来到奶奶的房间，情绪很是激动，似乎难以抑制内心的躁动，烟也忘了点，而是在奶奶的房间里踱来踱去，间或发出几声傻笑。

听奶奶说，傻叔二十岁出头那会儿，长得又英俊又魁梧，那时他在外地打工，有个女孩爱上了他，而且爱得很是火热，后来跟他来到我们这个贫瘠的小渔村。在看清了这里的落后，看清了傻叔那十几个人拥挤在一起的两间壳仔丁厝的两天后，女孩便从此不见了人影。

再后来，听说有个女孩依旧很是热烈地爱上了傻叔，说她不在乎傻叔家里有多穷，不在乎这个不在乎那个，可是傻叔却不敢相信了。在一个大雨如注的黄昏，傻叔拒绝了女孩，直到最后，傻叔才知道那个女孩对他的感情是真切的，在他要去挽回的时候，那个女孩泪流满面地告诉傻叔："一切都晚了！一切都晚了！"她已经有了自己的家了。

从此，傻叔变傻了。每年的夏天时分，傻叔便间歇性地发作，发作时就疯疯癫癫地在村口的小路上奔跑，手舞足蹈，口里不停地喊着各种口号。甚至，有时还捡一些女人扔掉的乳罩或内裤，套在自己的头上，然后对着每个从他身旁走过的人傻乎乎地笑。

但是，傻叔不发作的时候，跟正常人没什么两样，他依然最喜欢来奶奶家里，躺在奶奶的床上，悠闲地抽烟，那烟雾从他的口里、鼻孔中飘了出来，弥漫在奶奶那阴沉而潮湿的房间。傻叔是父亲的堂兄弟，听奶奶说，小时候傻叔家里很穷，饭也吃不饱，是奶

八、傻叔

奶经常偷偷给他吃的。后来，傻叔慢慢长大了，变得很依赖奶奶，即便常年外出打工，但他每次回村，脚刚落地就来找奶奶，然后躺在奶奶的床上，吞云吐雾几口，哪怕一句话也没有说。

相亲的事还是扰乱了傻叔的思绪。这一晚，傻叔在奶奶的房间里，踱着慌乱的脚步，偶尔傻笑几声，偶尔愁眉苦脸，一副心神不宁的样子。我依稀记得，那一晚，傻叔离开奶奶家的时候，眼角噙满了泪水！

据说到了相亲那天，傻叔冲憨女孩大喊：

"我起毛神！我起毛神！赶紧走！走！"

傻叔见憨女孩没被吓到，还冲他憨憨地笑，就随手操起刚坐着的板凳，使劲砸向憨女孩身旁。这下，憨女孩果真吓着了，她满脸涨红，小心翼翼地从凳子上起身，嘟嘴不敢哭出声，待走到巷子转弯处，便哇地号哭起来，不一会儿，身影就消失在巷子的尽头。

"无冻用人[①]！不通再管伊了！"傻叔的这次相亲之旅，的确伤透了热心的远庄村人的心。从此，乡亲们也不再为傻叔的婚姻大事操劳了。

这反倒换来了平静。

只是该疯的季节，傻叔还是逃不过，每次一发作，他都手舞足蹈地奔跑，而顽皮的我们却觉得特别好玩，我们会跟着他一路狂奔，一路跟着他喊口号！还记得，那一首荡气回肠的古老的歌曲《东方红》，即使在时代的车水马龙中早已褪色而被遗忘，然而从他口中流淌出来时，却是那么充满力量和向往。激昂奔跑的他，有时也会停下脚步，然后安静地望着头顶那个遥远而又灿烂的世界：清澈蔚蓝，白云朵朵。他伸出手指向孩子们示意，深情地喊出——天。他带领我们这群野孩子，安静地躲进某个墙角，如孩子般地从口袋里掏出不知道哪儿来的各种颜色包纸的糖果，推攘着送到每个

[①] 无冻用人，闽南语方言，即指帮扶不了的无用人。

孩子嘴里……

只可惜，抑或是某个墙角，抑或是某条小巷，抑或是某处路口，总会有几位骂骂咧咧的父母，他们拦住我们的去路，抢过我们手中的东西，恶狠狠地扔向傻叔，然后揪起我们中某一位孩子的耳朵，就把其带离我们的"阵营"。

只是，父母越是反对，越拗不过我们跟着傻叔的心。只要有机会，只要看到傻叔奔跑的身影，我们就如影随形般附了上去。就这样，我们一次次地和傻叔邂逅，又一次次地被大人揪着耳朵带走。因为在我们心里，傻叔不仅傻得可爱，还是个大好人！

有一年夏天，远庄村发生了一件令人震惊的事。

那是一个午后，我们一群孩子在村口的池塘里洗澡，忽然间，一个小伙伴不见了，我们着急地哭着。傻叔听到哭声，疯一般地狂奔过来，在弄清事情原委后，他连衣服都没脱就跳进了水里。在偌大的池塘里，他费了好大的劲，才把落水的小伙伴推向了岸边。此时，岸边匆忙赶来的人们，也忙乱地把孩子救醒了。而傻叔却无法停下疯乱的身体，他一会儿钻出水面，一会儿又潜入水中，还一边哭喊道："把孩子救上去！把孩子救上去！"不管岸上的人们怎么跟他解释"孩子已经救上岸了"，可他依然不停歇地呼喊着"把孩子救上去"，不停歇地在池塘里鼓捣着。

人们劝不了他，又无法把他从水里拉上来，无可奈何，最后只能找来村里的旧渔网，如同网鱼般把他网了上来。

那一夜，村里人都没睡。

因为，傻叔闹了一夜。

其实，傻叔不仅对孩子好，对村里的老人也很好，他对所有人都好。

傻叔对村里老人的情感是真诚的，是醇厚的，是纯洁的，是不图回报的。村里那些独居的老爷爷、老奶奶，水缸里没水了，傻叔会及时去帮他们挑水蓄上；若是哪家断柴火了，傻叔也会及时去帮他们拾柴；缺钱的给钱，缺米的给米，只要傻叔清醒着，他就忙得

八、傻叔

不亦乐乎。村里的老人家也很疼傻叔，有什么好吃的也惦记着他，只是惋惜他没找到婆娘，惋惜他年纪轻轻怎么就得了疯病。

起初，村里人对傻叔也是惋惜和同情。但随着年岁的增长，傻叔发疯的频率越来越高，时间也越来越长，自与憨姑娘相亲甩人家凳子之后，村里人都觉得傻叔彻底疯了，疯得不可救药，疯得一纸空白。

逐渐地，也没人待见他了。某一天，在王老奶奶家，傻叔正在兴致勃勃地劈柴，王老奶奶的孙子、看林人老林的儿子林二，一个身材结实却无所事事的浪荡子，却抢过他手中的斧头，大声呵斥："毛神！闪开！"

然后，傻叔便贼似的逃跑了。

逐渐地，人们开始远离傻叔，开始奚落他。有时候碰到他会骂上几句，有些喜欢恶作剧的年轻人，甚至把女人扔掉的内裤罩在他头上，然后摆出拍照的样子，喊道：

"毛神，赶紧来一张！"

傻叔只会傻呵呵地笑，他也许理解了人们是在嘲讽他，也许是理解不了，总之，他都配合地摆出高兴的姿势。

前两年，奶奶过世了，家里人都沉浸在一片悲怆之中。这时，傻叔出现了，尽管家里人不怎么反对傻叔来祭拜奶奶，可村里人说，你家奶奶走了，本是运势不好，怎么能让疯子出现在祭拜场合，这会添晦气的！于是，在众人的劝告下，家里人便无奈地把傻叔赶走了。

后来，在奶奶出葬的那天，傻叔就躲在不远的森林里，伸着长长的脖子，望着长长的送葬队伍，直至日落西山。

再后来，我也偶尔看见傻叔，跪在奶奶墓前，一跪就是一下午。

奶奶过世以后，傻叔变得更孤单了，他依然会徘徊在某个墙角，抑或是某条小巷，抑或是某处路口，只是原来跟随的那群孩子，在家长的怒喝下、在家长的训斥下，也逐渐远离了。

远庄

傻叔真的越来越疯了，疯得不可救药，疯得一纸空白！

终于，不该发生的事发生了。

那是秋收时分的一个晚上，夜黑风高，伸手不见五指，劳累的远庄村民早已进入梦乡。忽然，几声惨叫打破了夜的宁静。待村民们和衣循声而来，却发现花伯家的大闺女抖抖索索地躲在庙埕的稻谷堆旁，衣衫不整，哭哭啼啼地喊叫着：

"毛神！毛神！"

"做夭寿①……"还没喊完，花伯就晕了过去，众人连忙上前，把花伯搀扶回了家。

而后，众人翻遍谷堆，果然搜出傻叔的一只破鞋。于是，怒气冲冲的人群，冲进了傻叔家，把熟睡的傻叔从床上拖了下来，一直拖到庙埕的谷堆旁：

"毛神，你真正是做夭寿呀！"

"你这个假毛神，真正害死人！"

"你没良心，活在世间没路用！"

"你心肝比黑炭甲黑！"

"你没认份，好花拢给你打损②了！"

凶狠的拳脚以及恶毒的语言，如同狂风暴雨向傻叔袭去！刚开始傻叔没有反抗，只是傻呵呵地笑，而后他渐渐地低下了头，沉默成一只羔羊。

人们怀疑傻叔没有疯，怀疑他是在报复。他们知道，在疯子身上，永远问不出什么东西来，但他们似乎什么都知道了。

第二天，天刚蒙蒙亮，愤愤不平的人们便早早聚在一起，似乎

---

① 做夭寿，闽南语方言，夭寿的本意指折寿，也常用来骂做坏事一方为短命鬼、短命的，后来沿用作为惊叹词，常出现在遇严重的灾难或事件时。做夭寿，则指干了天理难容之事。

② 打损，闽南语方言，指糟蹋。

八、傻叔

在筹划着一件规模宏大但又不可告人的计划。

但早上还是平静地过去了！

但中午还是平静地过去了

直到那天的黄昏，傻叔手里拿着一瓶农药，喝酒般地狂灌，然后在村口的那条小路上狂跑，手舞足蹈地喊着："一切都过去了！一切都过去了！"而后突然倒在小路上，口吐白沫，眼珠翻白，手指发黑。

从此，傻叔走了。

从此，傻叔再也没有回来！

九、订婚

  时间在风中行走，时间在浪里翻腾，时间如白驹过隙般飞逝而过。一眨眼，就到了农历七月，民间传说中的鬼月，但也是一年中节日最多的月份。

  也许是渔村的生活确实太过清贫，吃稀饭，配鱼干，是家常便事；家里种了红萝卜，就顿顿红萝卜；种了包菜，就顿顿包菜；想吃点带肉的，除非是等到过节……而且，传统节日对应的美食，比如夏至的"麦狗煎"、端午节的"猪肉粽"、七夕的"甜饭"、中元节的"松糕""油片糕""水粿"等、中秋节的"糯米糍"……这些专属的节日美食，成为农村人单调饮食的点缀，让饥饿馋嘴的少年，有了向往和期待，有了美好的盼头。

  但是，七月是鬼月，不宜婚娶摆酒、动土乔迁。可我至今不明

九、订婚

白,阿春为什么要将订婚的日子,甚至是小定大定①一起放,且选在这个诸事不宜的七月。

或许,他心里也憧憬牛郎织女的爱情?

在闽南地区,"七夕"被叫成"七熟",或者是发音之差异吧。"银河深深隔岸人,牛郎织女情意浓。一年相聚只一回,鹊桥相会到尔今。"牛郎织女的爱情故事流传了千百年,但故事脉络基本上是一样的:

> 生活在人间的牛郎,被嫂子赶出家门,然后自立门户。天上的织女下到凡间洗澡,被牛郎撞见了。牛郎听从了老黄牛的建议,偷了织女的衣裳,等织女赶来,牛郎便表明心意。织女可怜牛郎,于是留了下来。于是,两人男耕女织,育有一儿一女,日子过得很惬意。后来天上的王母娘娘知道了,要让织女回到天庭。等织女被带回的那天,牛郎便带上两个孩子,掰断牛角,乘牛角追上了天。眼看即将追到,不料王母娘娘拿出金簪一挥,天上顿时出现一道银河,将牛郎织女分在两边。于是,两位有情人天天对着银河哭啊哭啊,最后王母娘娘被感动了,终于同意于每年农历七月初七,由喜鹊搭桥,让牛郎和织女终得会面。

---

① 小定大定,闽南地区订婚流程。"放小定"较简单,男方择卜吉日,当事人与亲人、媒人一起到女方家送上若干聘金为"定金",小定完成就代表这桩亲事已经确立下来了,具有一定的约束性,如果没有充分理由却退婚的话会受到社会舆论的谴责。"放大定"也被称为"纳采""完聘",彩礼包括婚书、牲醴、首饰、衣裙、礼饼、贡糖、聘金等,意味着婚期已经不远了。

远 庄

  宁静的夏夜，萤火虫提着灯笼，在树林里，在小溪边，悠闲地飞舞着。青蛙在池塘里，蛐蛐在田埂旁，知了在树干上，各种不知名的夜虫在草丛中……它们开始演奏大合唱。忙碌了一整天的远庄村的人们，刚吃完晚餐，便三五成群搬来凳子，于某户人家的门口，或某棵大榕树下，悠闲地扇着蒲扇，一边泡起浓浓的茶，一边谈论起各种趣事秘闻。孩子们在离大人不远的地方，追逐着，嬉戏着，欢笑着。

  而我，最喜欢跟着母亲，躺在伸手房[①]的屋顶，望着夜幕下摇摇欲坠的星星，偶尔一颗流星划过，也会担心掉下来砸在自己的身上。母亲常常指着夜空，告诉我们哪里是银河，哪里是牛郎织女，哪里是牛郎织女的两娃。那时候，我们很恨王母娘娘，觉得她是个恶人，怎能拆散有情人呢。以至于后来看到电视里上演的《西游记》里有王母娘娘，都把她当成妖怪，恨不得让孙悟空去打她！

  尽管说七月阴气太重，煞气相随，但七夕节绝对是七月里最甜蜜的日子，不仅因为有甜蜜的美食，还因为这个节日带来的对爱情的甜蜜祝愿。每逢这个时节，村里的女娃们扎着好看的辫子，穿着

---

  ① 传统的闽南大厝以红砖为墙，不同地区选材不同，有些地方也采用土埆、蚝壳、壳仔丁甚至编竹夹泥土，其标准的格局为两进两落或三进三落、左右护厝。民居正落，中间厅两边房，其双伸手为厢房，也称为伸手房，早期采用木梁盖瓦，后逐渐演变为大厅及主屋屋顶遵循燕尾屋脊，伸手房后面屋顶则改为平顶。

九、订婚

好看的衣裳，早早就在巷子里奔跑，时不时还哼唱《巧芽芽》[①]：

> 巧芽芽，生得怪。
> 盆盆生，节节挂；
> 七月初七摘下来，
> 姊姊妹妹照影来；
> 又像花，又像菜；
> 看谁心灵手儿快。

而待字闺中的女子，则早早准备好一个新脸盆，再盛一盘清

[①] 闽南语童谣。据资料记载，"种生求子"是旧时民间的七夕习俗。在七夕前几天，待字闺中的姑娘们先找来小木板，再在上面敷一层土，播下粟米的种子，然后静待其生长出绿油油的嫩苗；或是将绿豆、小豆、小麦等浸于瓷碗中，等长出寸芽，再以红、蓝丝绳扎成一束。其实，种什么种子不重要，重要的是这个过程称为"种生"，借以求子。但据我多方咨询，目前七夕"种生求子"的习俗几乎不复存在。倒是在我生活的闽南乡村，似乎耳闻有"巧芽芽"的习俗，即姑娘们于七夕前一月的农历六月初六，在母亲的帮助下找来上好的豌豆，拣去杂质，把清洗干净后的豌豆放在一个新盆子里，浇上清水，然后放在厨房阴湿的水瓮附近，三天两头洒水，再静静等待豌豆生长发芽。等豆芽长了有一拃高时，用彩色纸给豆芽围个"腰带"，让其再往高里长，这样边长边用彩带纸围，豆芽最终可以长到六七十厘米到1米高。到了七夕节这天，"巧芽芽"便生成了，似花又似菜，鲜嫩发亮，白中带绿，晶莹剔透，正是采摘时。当然，哪家的豆芽长生得好，哪家的姑娘就最心灵手巧，也就有了"嫁得好郎君""生大胖儿子"的美好愿景了！在七夕这天，还可以以巧芽取代针，抛在水面乞巧。据说，旧时还有用蜡塑各种形象，如牛郎织女故事中的人物，或秃鹰、鸳鸯等动物之形，放在水上浮游，称之为"水上浮"。还有蜡制的婴儿玩偶，妇女买回家浮于水土，以为宜子之祥，称为"化生"。

水，放置于天井中。据说，待到夜幕降临，便可从清水中看到牛郎织女相会的情景，或是听到他们约会时的窃窃私语。我也曾问过家里的堂姐阿亭，她说，约会的场景倒没看到，但窃窃私语的声音确实听到了。说得很神秘，让生为男儿身的我，只有羡慕，却难以亲身体验一把。

也许，阿春对于美好的爱情，是充满憧憬的。

当初，据说花伯和美姑的爸都不同意将订婚的日子选在这一天，可不管众人如何劝，阿春还是坚守自己的决定：

"我就不信邪！这一天挺好，牛郎和织女终于见面了，挺好！"

"可是，千百年来的传统，七月不宜啊！"众人劝道。

"我就不信那个邪！"阿春斩钉截铁。

即使众人心里还是有些疙瘩，但真到了七夕这一天，早上吃完甜饭后，远庄村的男女老少，就如同过大节似的，一个个脸上洋溢着欢笑：妇女们赶到阿春家，择菜洗菜，洗碗摆盘，抹桌拖地，忙得不亦乐乎；男人们则涌到美姑家，扛彩礼的开始清点礼品，余下的负责吆喝，一切准备就绪，定亲队伍便浩浩荡荡地向阿春家走去。

按照礼俗，阿春作为上门女婿，订婚礼数自然由女方家操办，并送至男方家，男方家当日须摆筵席，以答谢来人。这一晚，订婚宴上，众人觥筹交错，相谈甚欢。两方亲家更是喜上眉梢，说到激动处，更是泪流满面。

直到夜幕降临，忽然有乡亲问："这大好的日子，怎么一整天都没见到美姑啊！"

众人才晃过神，惊愕道：

"对哦，怎么不见美姑呢？美姑去哪了？"

说者无心，听者有意！阿春在家忙前忙后，或许是太激动了，居然也没在意美姑在不在。可当众人一提起，他的心忽然就如针扎了一下，脸色一下子凝重了起来。

九、订婚

美姑的爸看出阿春脸上表情的变化，连忙走过来，拍了拍阿春的肩膀，笑道：

"阿春，别担心，美姑操劳命，可能去地里干活了，这会儿应该回来了，我让孩子去叫她过来。"

说完，随即唤来一个孩童，叮嘱去唤美姑。

于是，众人继续推杯换盏。

一会儿，只见孩童上气不接下气地奔来，说家里没寻着美姑。

这下，众人有些慌了，他们隐约感觉到些许异常。

"不在家？那她能去哪儿呢？"美姑的爸嘀咕着。

"难道她有意逃避……"

"难道她……"

"不可能！"

阿春歇斯底里地喊道。即使他内心坚信，只有他阿春才是美姑最好的选择、不二的选择，可在如此重大的日子，美姑的反常行为还是让他感到极度不安。他唇齿颤抖，匆匆冲进里屋，拿出一把手电筒，又冲进茫茫夜色中。

众人沉默了一会儿，便匆匆放下碗筷，纷纷起身。

夜幕下，激动的人们带着极度的伤悲，提着只能照到脚前一米远的手电筒，踏着村里的溪流、田野、草地、芦苇、沙丘、树林、海滩……人们怕美姑躲在某个暗夜的角落，再也不回家了，或是从此消失了；怕她年轻的生命似鲜花，却在未开放前就要枯萎……他们拉长着声音，喊叫着"美姑——"，声音在寂寥的夜空里，声声回荡！

而此时的美姑，正和胡哥端坐在前江的一个延伸向海的礁石上。

海风轻轻地吹着，海浪轻轻地拍打着他们脚下的礁石，除了浪潮的声音，四周静极了。

"我和阿春，今天订婚了……"美姑轻轻地说，声音细如小水珠，融入海里无处寻。

"嗯……"胡哥从喉咙发出摩擦的声响。

然后，两人陷入了无边的沉默。海风轻轻地吹着，海浪轻轻地拍打着他们脚下的礁石，除了浪潮的声音，四周静极了。

忽然间，胡哥开始抽泣，开始呜咽，开始失声痛哭，夜色渐渐地漫天铺地席卷过来。

胡哥停止了哭泣。两人再次陷入无边的沉默。夜静极了。

其实，美姑订婚的消息，小小的远庄村早已家喻户晓，胡哥他何尝不知。说是来捡牛粪，倒不如说来排解心中的烦闷！他何尝不明白，就凭他胡哥，就凭他胡哥的家境，如何给美姑未来？

谁承想，在这个订婚的大喜日子，美姑居然也来割猪草！难道，她心中也有烦闷？

割猪草的碰上捡牛粪的，纵有千言万语，却是无语凝噎。他们踏着惨红的夕阳，走过了青草地，翻过了芦苇林，踏过了阿春带着村民筑起的高高的堤岸，吹着海风，迎着浪潮，最后在那一处延伸入海的礁石上坐了下来，这一坐，夕阳下了山，这一坐，白天被夜吞噬，这一坐，似乎已是一辈子。

直到一束微弱的光，穿透黑夜，从远到近，渐近，渐近，在几经不规则晃动后，忽然停留，径直照在了美姑的身上。

"阿春哥……"美姑倏地站起身来，夜的黑，掩盖了她紧张的神色，她的手瑟瑟发抖，身体也在瑟瑟发抖。

阿春站在堤岸上，手电筒的光逐渐从美姑的身上移开，射在海浪上，射在礁石上，射在胡哥的身上、脸上，然后时间定格……

夜静极了，除了浪潮的声音。

动作也定格了，他们似乎已经屹立成海上的三尊石像。

许久，许久……

"啊——啊——"

阿春把手电筒扔向了大海，对着奔涌的大海咆哮！那凄厉的声音，在夜空中久久回荡，夜战栗了！

"阿春——"

九、订婚

美姑慌乱地向阿春跑去,她想去拉他的手……

在美姑即将靠近的瞬间,阿春忽然转身,向着家的地方,头也不回地跑了……

那个晚上,远庄村如以往一样平静,也许,不平静的是人的心。

海浪再汹涌,终究化成平静的海水;海水再平静,偶尔也会掀起巨浪!就如同云卷云舒,雾合雾散,昼夜更替,斗转星移。

十、黄昏

　　我相信历史的痛苦时刻,都喜欢选择黄昏,或许黄昏本身就蕴涵着一种悲剧和生命的黯然,反正在这个黄昏,我也明白,罪恶也许来源于贫穷。黄昏的斜阳,像是一把悲怆的血,洒向漫天残红,淋漓欲滴,渲染着几分感伤和悲凉。整个宇宙沉死了,只等夜的黑将它一点一点淹噬,直至模糊、消失……

　　黄昏就来了……

　　疲倦是一种能滋长恶毒的细菌,要吞噬生命般啃噬着我脆弱的神经。

　　从清早我就发现家里只有我一人,母亲把大门锁住了,许是为了惩罚我昨日用弹弓打破了大伯家屋顶的瓦片。中午,母亲还是没有回家。如今,黄昏临近,我依然见不到母亲的身影,饥饿已将我身上的水分榨干,我虚脱的身体只盼着能喝上一碗粥,可是,家里连残羹冷炙都没有。

　　我在天井,看着星星逐渐爬满天际。

　　门终于咣当一声开了。"阿母!"我求生般使出全身力气冲向大门,开门进来的竟然是父亲!

十、黄昏

"你母是死叨位①去！这么晚还锁着大门，啊？连晚饭也没煮，打算一家人妖妖死②……"

父亲话未说完，母亲正扛着锄头畚箕进门。父亲见状，直接冲向前，抢过母亲手中的锄头，就扔出去几米远，然后骂骂咧咧：

"没暝没日③待在田园④，究竟是赚多少，连家都不顾了！"

父亲已经无法克制，刚从海里打完渔所带来的疲倦和饥饿，升华了他的愤怒，他把家里的碗碟全砸碎了，碎片散落得满地狼藉，不堪入目。

母亲怔怔地站在原地，一句话也没有说，只是已经成了泪人。

之于母亲，迄今为止，我都不知如何用语言来描述，她的勤恳，她的包容，她的忍让，她的无私，她的贤惠……总之，这个世界上所有形容女性光辉的词语，用在她身上都不为过。只不过是，为了把地里剩余的活干完，她忘了夕阳已经挂在了田垄上。

我无法理解父亲内心的怒火，但我知道贫困让他怆然，幼小的我不知该对父亲说些什么，也不知道该对母亲说些什么，只是全身哆嗦，蹲在碎片中，和母亲一起抽泣，然后看着母亲捡起一个个虽然摔得残缺但未破碎的碗碟。

我知道，过不了多久，父亲就会用家里几个月的积蓄，去隔壁镇的市场买一些新的碗碟。还记得那时候，家里的碗碟总是有缺口或裂痕，那都是每次争吵后，母亲小心翼翼地从父亲摔落的碗碟中捡拾的，就像她捡拾这个家一般。然而，父亲每次泄气之后，就愧疚地架柴生火，要么煮一锅粥，要么做一锅面，还不忘煎几个家里为数不多的鸡蛋，然后端到母亲面前，说：

---

① 叨位，闽南语方言，指哪里。
② 妖妖死，闽南语方言，指饿死。
③ 没暝没日，闽南语方言，指没日没夜。
④ 田园，闽南语方言，指田地里。

“歹势[①]，歹势，是我歹性地[②]，我以后改！一定改，你麦捡记载！[③]”

母亲把头扭向一边，泪水却簌簌滑落。

我看到父亲泪痕滑过的脸更加苍老，他微颤着嘴唇，然后用一种沉重的语气转向我说：

“孩子啊，好好读书，有能耐的话，你就走出去！”

说完，母亲知趣地走开了，步履显得异常沉重。

我还记得，那是我更小的时候，父亲还是泥水工人，跟村里阿伯阿叔几个人组了一支建筑队，到各个村庄去包工建房子。有一次，父亲全身是血被人抬了回来，放在家里大厅角落的一个单人床上。

“兴婶啊，兴叔在上屋顶盖石板的时候，因为脚踩的石板忽然断了，人顺势从屋顶摔了下来，幸好没被石板砸到……”

“兴婶啊，已经叫了医生，说很快就来了，你不用担心！”

母亲看着昏迷不醒的父亲，忽然连一滴泪也落不下来。

匆忙赶来的医生在查看端详后，忽然就把我拉到旁边，对母亲细声说：

“这个男孩还小，赶紧让他尿一泡童子尿，给病人喂下。”

可是，那时候的我总觉得不对劲，不管家人怎么引导，就是尿不出来，后来被母亲灌了两大瓢井水后，才终于尿了一小勺。只是神奇的是，父亲在喝过之后，果然慢慢苏醒，而后卧床三个月，在母亲的悉心照料下，才慢慢下得了床，而后才慢慢恢复正常。

后来，父亲再也不干泥水工了。他在村里这伙大网里负责摇

---

① 歹势，闽南语方言，不好意思之意。

② 歹性地，闽南语方言，指坏脾气。歹，坏的意思。性地，指脾气。

③ 麦捡记载，指不要记在心里。闽南语方言，这里的麦，指不要之意。捡记载，指记在心里。

桨,平时兼管账,不出海的时候,还兼做鱼贩生意。那时候,村与村之间的路不太平坦,父亲买了辆破自行车,每一次踏起,自行车就如同交响乐团大合唱,叽里咕噜响个不停。他每次踏着自行车的"赞歌",然后沿村吆喝:

"卖鱼呦!卖鱼呦!"

记得当时卖猪肉的还能吹响螺,我都觉得父亲不太聪明,卖鱼时只能靠嘴皮吆喝,怎么不想着吹个贝壳做告示,哪怕吹个箫打个锣也可以嘛。

当然,贩鱼也是图个生计而已。有生意的时候,父亲回到家总是笑逐颜开;没生意的时候,父亲总是忧愁着脸。这时,母亲总是没有怨言,把已经不新鲜的剩鱼,剔刺、洗净、盐焗,再一条条油炸起来,那味道香得很。

我知道这些已经成为逝去的历史。

历史是用来忘记的,还是用来记忆的,我也说不清,但我相信,总有一种无形的东西在主宰我们,谁都无法改变,那就是宿命!

总之,那一日的黄昏,天暗得特别快。等黑夜的幕布罩下来,星星就挂上了天空,特别亮,特别耀眼。母亲做完饭后,一口也没有吃,就拿着被子离开了。她不会走远的,她不过是爬上屋顶,去泪雨滂沱一番罢了。多少年来,她面对所有的委屈,都是躲在黑夜的某个角落独自落泪。而童年的我,永远理解不了那种悲伤,我会蹭到她的身旁,看着她满行的热泪簌簌滑落,然后也学着母亲的样子,泪流满面,以示理解母亲的忧伤。

然而今夜,我还没来得及哭泣,却想起一个人,一个我已经很久没看见过而渴望见到的女人!

我依样把头埋在母亲的怀里,看着她红润而潮湿的双眼。可是迫切的渴望让我不得不向母亲开口,我知道不管发生了什么,母亲总会知道她的消息的。

我拉着母亲的被子。

"妈妈,我要见美姑!我要见美姑!"

母亲一下子停住了哭泣。显然她被我突来的问话吓坏了,她沉寂了。忽然,她抬起头,指着天上,说:

"孩子,你看,天上的星星多亮啊,月娘娘在那。哦,对了,小孩子不能用手指月娘娘,用手指的话,晚上睡觉的时候会被月娘娘割耳朵的……"

"妈妈,我要见美姑!我要见美姑!"

"孩子,你看,天黑了,来,跟妈妈一起唱歌。"

> 天乌乌,欲落雨;
> 阿公拿锄头,
> 要巡水路,
> 巡呀巡巡啊巡,
> 巡着一尾旋留鼓,
> 依呀夏拢真正趣味。
>
> 阿公要煮咸,
> 阿嬷要煮淡,
> 二人相打弄破鼎,
> 弄破鼎,
> 隆冬去冬锵哇哈哈
> ……①

我就跟着母亲一起念,念着念着也就把要见美姑的事给忘了,躺在母亲的怀里,慢慢地睡了过去。而母亲的眼泪则在我睡着之后,又一次簌簌而落,一滴一滴落在我熟睡的脸上……

---

① 闽南语童谣。旋留鼓,指泥鳅。弄破鼎,表示把锅打破了。

十、黄昏

第二天，日子恢复了平静。

可是，正如大海一样，潮涨了就会潮落，潮落了又会潮涨，日子不就是如此反复吗？何时能平静呢？

等吃完早餐，我再次呼朋唤友，玩起了童年的游戏，然而却在村头巷尾，从妇女叽喳的口中听到了两件令我不解的事情。

第一件事情，是关于胡老头的。据说有一次，胡老头捞剩菜吃，却把自己吃坏了，后来一直泻。胡哥匆匆把父亲送到了镇上的医院，却还是没救过来。因为胡老头病死于医院，胡哥便请了人草草把父亲安葬了，没有回村里，也没有通知左邻右舍，远庄村的村民也是口口相传才了解到的。大家更笃定胡哥就是不孝子，父亲都死了，居然也不给他风光送行。

第二件事情，是关于美姑的。自订婚后，美姑的肚子一日比一日大了，但没过多久，她就几乎没在村里露面了。即使路上有人碰到阿春，问起美姑的消息，他也只是笑笑，讳莫如深的样子。更多人会问美姑的爸，但美姑的爸总是支支吾吾的。这使得有关美姑的议论沸沸扬扬起来。从叽喳的妇女口中，我大体听到了几个版本：美姑不喜欢阿春，跟阿春吵架，离家出走了；美姑从小喜欢胡哥，在胡哥的计划下，秘密离开了村庄；当然，最可怕的版本，是美姑被害死了……

故事在没有真相大白之前，流言蜚语总会像细菌一样快速滋生，甚至取代了真相。

总之，我是真的很久没有看到她了，也特别地想她。

可是，每逢提起美姑，母亲总会转移话题，或者直接回应：

"那种不干净的女人，以后离她远点。"

"美姑水丁当[①]，怎么不干净！"我很生气地回顶母亲。

"你小孩子家家，懂啥！"母亲怼回一句，就不再和我纠缠此

---

① 水丁当，闽南语方言，表示非常漂亮。

问题了。

直到一天傍晚,我在海边见到从镇上医院回来的胡哥,我一把拉住他的手,就嚷道:

"胡哥,是不是你把美姑带走了!"

胡哥摸摸我的头,笑道:

"傻瓜,我把她带走了,那我一个人回村里干啥呢?"

我想也是,胡哥要是真的把美姑带走了,他肯定也不回来了啊。想到这,我忽然就开心地笑起来,既然胡哥没有带走美姑,那美姑肯定会回来的,于是,我迫不及待问道:

"那胡哥知道美姑在哪吗?"

胡哥没有说话,他拉着我的手,到一处柔软的沙滩坐下,对着汹涌的大海,他沉默了许久,轻声说了句:"在镇医院呢!"声音很低,似乎在自言自语。

"镇医院?她要死了!"

我忧伤地哭了起来。

"唉,你真烦!她没事,好好的!"胡哥大声斥道。

这可是胡哥平生第一次这么对我说话,我愣住了,连忙停止了哭泣,转头看向胡哥。此时,夕阳的余晖斜射在他那凝重的脸上,这份凝重由此增添了些许色彩。胡哥长时间的沉默,让我感到有些慌,我只好抓起身旁的柔软细沙,再让细沙从我手掌下方慢慢漏出。

"鲲仔……"

许久许久,胡哥忽然喊了我的名字,而后深沉地跟我说:

"胡哥不再做捡牛粪的人,从今天起,我要从头开始,做一个体面的人!做一个有钱的人!"

说完,他便站起来,对着大海大声呐喊:

"啊啊啊——"

天蓝蓝,海蓝蓝,夕阳的余晖照在海面上,泛起了耀眼的粼粼波光。胡哥的喊声,融入了汹涌的浪打浪声,在海面上,在沙滩

十、黄昏

上，在夕阳下，飘荡！

多年以后，我才了解到事情的始末。据说，订婚后的某一天，阿春在美姑家陪准丈人喝酒聊天，夜深了，在准丈人的挽留下，阿春进了美姑的房间，趁美姑熟睡之际，强行骑在美姑身上。或许是因为动作太大，有孕在身的美姑下体出血，于是酒醒的阿春和准丈人连夜将美姑送到镇医院。好在送医及时，胎儿是保住了，但并未完全脱离危险，需要留在医院护理，以确保不出现意外。巧合的是，美姑刚被送至镇医院门口时，却与送父亲前来抢救的胡哥遇上了。

许多事不容细说，有些人讳莫如深，有些人支支吾吾，有些人不想让别人明白，有些人早已明白，有些人确实永远不想明白。

明了的人终究明了。

只是当时的我，确实很久没见到美姑了，我常常渴望见到她，可就是找不到她的身影。

十一、女娃

　　时间犹如东逝水，匆匆就溜走了，很快就来到了农历十一月。这个时节本应入冬，但在闽南地区，却是天高云淡、气爽风轻的好时节。

　　在我几个月的眷念后，美姑的身影逐渐模糊起来。因为太久见不着她了，而贪玩的我们，满脑子里尽是芦苇林、水草地、田野旁、小溪流等梦幻的世界。

　　我们会扒开芦苇林，挖出黑乎乎的泥土，捡来晒干的牛粪，再用火柴点燃，把黏糊糊的泥土放在上面慢慢烘烤，烤到泥土柔软适度，或是捏一捏，或是团一团，或是搓一搓，或是扭一扭，有时候捏出一支军队，有时候团出一座大房子，有时候搓出一个游乐场，有时候扭出一个动物园。总之，造型千奇百怪，类别各式各样，我们天马行空的想象，仅靠自己的一双巧手，就能呈现出来。

　　我们会跑到水草地，一起玩吹泡泡的游戏。我们会从家里带来一些废纸，折叠出碗的样子，来到乡间小路旁的那棵梧桐树旁，把新长的枝干掰下来，用力拧，把梧桐的汁拧在纸碗里，然后跑到水草地里，挖出一根根长长的野草，把细叶撸干净，然后绕成一个圈圈，再用这个草圈蘸一下纸碗里的梧桐汁，拿出来用气一吹，泡泡便一颗一颗从草圈里冒出来了。五颜六色的泡泡在水草地上飘着，我们就在水草地里追逐着。

十一、女娃

我们也会来到田野旁，钓满一笼笼的小青蛙喂鸭子。想不明白的是，田野间的那些小青蛙，是不是没见过外面的世界，抑或是脑袋瓜不好使，总之我们只需要一支长长的竹竿，在竹竿的一端绑一根长长的白绳，手持竹竿另一端，把白绳缓缓放进沟渠里，不需要任何钓饵，不一会儿就有小青蛙跳起来咬住绳子。直到我们把绳子移到笼子里，小青蛙才肯松开嘴巴，不过已经成了笼底之蛙了。就这样，不用多久，笼子就满了。

更有趣的，莫过于到小溪流里抓鱼了。

这一天，天刚蒙蒙亮，我唤上阿木、墨贼[①]两个男孩和阿不、猫鼠[②]、田婴[③]三个女孩，男孩分别拿上一段破渔网、破畚箕、水瓢，女孩们各提一个小水桶，就浩浩荡荡地向芦苇林方向的小溪流出发了。

阿木是我的堂弟。

墨贼是王老奶奶的大曾孙。王老奶奶出生于晚清时期，和我奶奶一样是绑脚女人，但年纪比我奶奶大两轮。据说，她年轻时生了一串孩子都没活下来，到40多岁了，才幸存了两个儿子。老大就是看林的老林，老二在解放战争时期在海上捕鱼时，据说被国民党抓了，至今音讯全无，家里已给他立了家神牌位[④]，几十年来都定期奉拜。王老奶奶的丈夫在一次出海捕鱼时遇风浪沉了船，便再也没有回来过。大儿子老林生了林大和林二两个儿子。我打小就觉得林大就是天生的音乐家，他平日里不下海捕鱼、不下地种地，但他对吹拉弹唱情有独钟，不管叫得上名字的乐器，还是一些稀奇古

---

① 墨贼，闽南话发音，指乌贼。
② 猫鼠，闽南话发音，指老鼠。
③ 田婴，闽南话发音，指蜻蜓。
④ 闽南地区称家神为本家祖宗。一般在每家每户正堂厅供奉家神牌位和家神龛，每逢婚丧喜事、年庆节日都要进行祭拜。

怪的物体，他只需捣鼓一会儿，便能让其发出悠扬的旋律。林大到三十多岁时，依然没有姑娘要嫁给他，后来经由媒婆介绍了隔壁镇的一个姑娘，没想到双方一见面就相中了。直到娶了亲，林大才发现那姑娘一只脚大一只脚小，内心懊悔不已，天天骂"大脚婆"祖上十八代。而姑娘也是嫁过来后，才发现林大那白净的躯体只是一副壳，中看不中用，要生活还得靠自己。后来，大脚婆怀孕生下了墨贼，据说墨贼出生时全身黑乎乎、圆滚滚，特别像刚吐完墨的墨贼，所以他便得了这个雅号。而后大脚婆因为怕养不起娃，便跑去结扎了，这也成了林大心里最大的伤。王老奶奶的二孙子林二，则是远近有名的浪荡子，虽说长得一表人才，但他不仅不出海不下地，还不会吹拉，整日里便是晃晃荡荡，以致到了三十好几依然没有姑娘看上他，至今仍孑然一身。远庄村的人常嘲笑王老奶奶一家是"只添丁，不发财"，他们家几代人都生男娃。

再来说说阿不，这个"不"按照闽南语的发音，应为上声，指"被别人家抱养的女娃"。阿不的生母因为前面生了四个女娃，待她出生时发现还是女娃，便趁夜黑时把她扔在我们村口。幼小的我看着女娃可爱，回家央求母亲把女娃抱回当妹妹，可女娃已经被亲戚抱走了。后来，女娃又经由各种辗转回到我家，当了我妹妹。小时候阿不生了一场大病，后来根据民间秘方，将她放在大鼎里蒸了好几分钟，病才好转起来。所以，阿不从小瘦瘦小小的，也傻乎乎的。

也许是物以类聚吧，和阿不常常在一起的猫鼠、田婴两个女玩伴，也是瘦瘦小小的，农村人的雅号，取得可形象呢！

只要是需要人手的时候，我便唤上这几位小伙伴，因为他们都比我小，也特别听话，不敢惹我生气。一旦惹我生气了，下次我就不带他们玩了。

"抓河鳗了！抓河鳗了！"我一呼喊，队伍就出发了！

阿不、猫鼠、田婴高兴得手舞足蹈，一边走，还一边唱：

十一、女娃

> 羞羞，羞羞羞，
> 跨篮仔捡河鰡。
> 羞羞，羞羞羞，
> 跨篮仔捡河鰡。
> 拢总捡几尾，
> 哎哟，拢总捡两尾啦，
> 一尾煮来吃，
> 一尾糊目睭。①

唱着唱着，我们走过了乡间小路；唱着唱着，我们翻过了水草地；唱着唱着，我们便来到了芦苇林的小溪旁。

很快，我们找到一段狭长的水流，我吩咐男伙伴们赶紧下水，向下用破畚箕，然后拿出破渔网，从下游往上。不一会儿，网里便是满满的小鱼了，有田斑娘、土虱、非洲鲫、河鰡、孤呆等，其中，孤呆是最大条的，我赶紧把它抓起来，大喊道：

"阿不，赶紧把水装起来，我抓到大孤呆了！"

说完，不由得就念了起来：

> 大孤呆，炒韭菜，
> 烧烧一碗来，
> 冷冷我无爱。

这一天早上，我们简直是大丰收，阿不、猫鼠、田婴三人带来的小水桶，里面早已窜满了各种小鱼，我们乘兴而来，在太阳还未

---

① 闽南语童谣。羞，闽南地区孩童玩闹，会用食指在手上不停地画，并发出"羞"的声音，以达到取笑对方的意思。这里的羞，代表玩闹的声音。河鰡，指泥鳅。拢总，指一共、总共。目睭，指眼睛。

爬上竿头的时候，便又乘兴而归。回去的路上，我们更是撒落了一路的欢歌。

但在路过美姑家时，我们即被他们家门口热闹的人群给吸引住了，于是赶紧凑了上去。原来是美姑回来了，跟美姑一起回来的，还有她怀里的一个小女娃。

美姑早已抱着娃进屋了，可远庄村村民们怎么舍得就这样离去，于是大伙就聚在美姑家门口，东一句西一句闲扯起来。

"瞧瞧那女娃，长得多俊啊！"

"原来美姑几个月没见，是生娃去了？"

"对哦，生娃怎么要几个月呢？我那会儿生娃，就跟屙泡屎一样简单。"

"也是也是，也不知人家生的是哪路神仙！"

"别说，那女娃还真像大春呢？"

"什么？像大春，不是说……"

说话者意识到不对，便把欲说出的话硬生生吞了回去，众人迟疑了一会儿，也不接话了，便一哄而散了。

回到家，母亲忙把我拉到一旁，轻声轻语地说：

"鲲仔，以后别整天美姑美姑的，那个女人不干净！"

"美姑水丁当，怎么不干净！"我继续生气地回怼母亲。

"你小孩家家的，我跟你讲不通，反正，以后给我离她远一点。"

"我偏不！"我喊着，提起水桶就往大井的方向跑去。

母亲怔在原地，许久，才无奈地走了。

此后，我不顾母亲的反对，常常站在美姑家门口往里张望，期待能看上美姑一眼。直到长大了我才明白，在远庄村人眼里：女人未婚先孕不干净，未婚生子不干净，来月事时不干净，生娃时不干净……总之，美姑就是全村最不干净的女人！所以，母亲的话还是让我心存芥蒂，每次经过美姑的家，我都不敢直接夺门而入，而是远远地往里张望。

十一、女娃

有时候，见到美姑抱着女娃走出厅门，她远远地对着我笑，甚至招呼我进门，我却只是怯怯地远远站着。我有些伤悲，我知道此后美姑不可能再抱我了，我也不可能再一次躺进她的怀里跟她嘻嘻哈哈了。即使我有多么怀念当初躺在她怀里的那种感觉，可是，这一切都已经过去了。

世事总在无情地变迁，是我们谁也无法改变的。

或者是明白我心中的芥蒂，此后见到我，美姑只是冲我笑笑，也不再招呼我，她一手抱着女娃，缓缓在厅门旁的矮凳坐下。

有一次，我又早早来到美姑家，恰巧美姑不在，美姑的爸把女娃放进竹制的摇篮里，半闭着眼，用一只手轻轻晃动摇篮，然后哼起《耶咯耶》①来：

    耶咯耶，米饲鸡。
    鸡叫更，狗吠暝。
    吠吠吠，田老爹，来吃饭。
    饭未胡，要吃土？
    土未掘，要吃糯？糯未耶，要吃鸡？
    鸡未宰，要吃旺梨？
    旺梨还未买，
    要吃老婶婆的尻穿批！

---

① 闽南语童谣。耶咯耶，摇呀摇之意，这里指摇篮摇呀摇；下面的糯未耶的耶，指的是磨磨，用一根像手臂的木杆，把重重的石磨摇动起来，以达到磨糯米的目的。狗吠暝，指狗在晚上叫得最厉害。田老爹，蜻蜓的另一种闽南语叫法，也叫田婴。饭未胡，指的是饭还没有煮。旺梨，菠萝的闽南语叫法。尻穿批，屁股的闽南语叫法。要吃老婶婆的脚穿批，一般是闽南农村老阿公念童谣时的说法，若老婶婆念起童谣，则会说成"要吃老叔公的脚穿批"。

远 庄

在美姑的爸的催眠下，摇篮里的女娃酣然入眠，画面很和谐。我悄然上前，看着摇篮里与美姑一个模子的小女娃，忍不住伸手想摸摸女娃的脸蛋，还没等我说出"水当当"，女娃忽然就咧开嘴大哭，我吓得撒腿就跑。美姑的爸还没看清我的脸，以为是哪个淘气的小孩把女娃掐疼了，追了出来，嘴里还骂骂咧咧：

"死囝鬼[1]，下次别让我见着了，一定打断你的狗腿！"

我赶紧闪到某个墙角，此后很长日子，我再也不敢绕过美姑家了。

---

[1] 死囝鬼，闽南语方言，骂小孩子。

十二、叔公

很快，年关近了。

闽南人的年味特别浓，农历十二月一到，孩子们就能闻到飘香的年味，于是便开始掐着手指算了，初一，初二，初三……这可忙坏了村里的妇女们：年底做粿的糯米，要开始筹备了；每天的猪食要开始加料了，得让猪条①里的猪在年底长些膘，可不能因为挨饿而掉肉；菜鸭得准备十几只，且每天从早到晚得填喂三次，单填喂的熟地瓜和米糠，每次都得准备几大盆；地里的蔬菜也要常去浇水，特别是白萝卜，年底可是要包五香条用的；还有大年初一要煮豆腐用的菠菜，也要播种了……

总之，日子如长了脚似的，走得特别快。待送神明上天后，家家户户就开始忙着"清屯"②。

有关清屯这个风俗，在闽南还流传着这么一个传说。据说，每个人的体内都住着一位三尸神，这三尸神可不是什么好神，他对人类相当不友好，常常跑到天上跟玉帝说人类的坏话：

---

① 猪条，闽南语叫法，指猪圈。同样，牛圈也叫作牛条。
② 清屯，闽南当地风俗。在闽南地区，年底要对家里进行一次全面的大扫除，称为"清屯"。

"人啊，他们在凡间不努力干活，却整日怨叹吃不饱饭……"

"人啊，他们在凡间好吃懒做，又不爱卫生，住的地方都是脏兮兮的……"

"人啊，他们在凡间无情无义，不懂感恩，常常抱怨天庭神仙无须劳动，就能吃好穿好，说不定哪天就反上天庭来！"

……

玉帝听到耳朵快要长茧了，便派王灵官为主将，准备三天后下到凡间消灭人类。此时，三尸神连夜赶回人间，他召集蜘蛛、灰尘们一起，让蜘蛛到每户屋檐下结网，让灰尘处处做记号，准备三天后让王灵官带着天兵天将大开杀戒。好在太白金星察觉到三尸神的作恶行径，连忙赶到凡间，并通知各路神明赶紧将话传到各家各户：

"从明日起，要立即行动起来，尽快把屋里屋外、边边角角，清理得干干净净。"

三天后，王灵官带着数十万天兵天将，杀气腾腾直奔凡间而来。却见人间一派升平景象，此时正值人间除夕夜，家家户户门前门后干干净净，每户人家都开开心心地围坐一起开怀畅饮。

"怎么跟三尸神说的不一样呢？"

王灵官每到一户人家，都受到热情的欢迎。于是，他赶回天庭，向玉帝如实奏明事实。玉帝勃然大怒，连忙派人调查，才发现原是三尸神惑言祸害人类，差点将自己陷入不仁不义的境地。于是，玉帝立刻下令捉拿三尸神，扇打三千嘴，将其贬入十八层地狱。

从此后，人间在农历十二月廿四日送神明上天，都会摆上丰盛供品，期望神明上天言好话。送完神明后，则准备长竹篙，闽南人称"扫梳"，将稻草捆绑好，中间插上一支长长的带有青色叶子的竹条。而带有青色叶子的竹条，更寓意着"清清白白做事，明明白白做人"。用长竹篙来"清屯"，不仅是清理灰尘蜘网，更是有着"扫掉歹运"以"迎接生机"之美好愿景。

十二、叔公

话说回来,农历十二月廿五日这天,我正给母亲"清屯"打下手,忽闻一群孩子从我家匆匆跑过,嘴里还大喊着:

"看活鬼了!去王老奶奶家看活鬼了!"

"什么活鬼?新正时[①],这孩子不讲好话,瞎喊什么啊!"

母亲有些疑惑,继续挥舞着手中的长竹篙。

我的心早飞到了王老奶奶家。母亲看我无心帮忙,便对着我说道:

"你想去就去吧,反正你也帮不上什么忙!"

我听了,一溜烟就冲出家门,跑到了王老奶奶家,却见王老奶奶家里早已站满了黑压压的人,我根本就挤不进去,只听得人群里一会儿哭,一会儿笑,闹哄哄的,却无法知悉到底发生了什么。

这时,我看到墨贼从屋里出来,连忙喊住他,问他是怎么一回事。他把食指竖在嘴边,"嘘"了一声,就神秘地拉我钻进他们家大厅的八仙桌下,轻声说:

"你没看到我们桌上有我叔公的家神位?"

"我还没生,你家叔公的家神位就摆在桌上了!"我愤愤答道。

"是啊,你不知道,那人堆里最中央坐着的,就是我叔公!"

"惊死人,你家见鬼了!"我差点喊出声来,要不是墨贼捂住我的嘴,我可能就失声喊了起来。

谈话间,哭声再次响起,起头的是王老奶奶的号啕大哭,接着是一群妇女的嘈嘈切切,此起彼伏的哭声,犹如有人离世的场面。凄切的哭声,把我的心瘆得发慌,我钻出八仙桌,扔下了墨贼,拔腿就往家里跑。

[①] 新正时,闽南语叫法,指过年至正月这段日子。在闽南地区,过年时都是要说好话,如果有孩子讲"死""鬼"等这些词语,会被家长狠骂一顿。

跑到家的时候,我早已满头大汗,气喘吁吁,母亲见状,忙问道:

"王老奶奶家是怎么啦,把你折腾成这样?"

"阿母,你不知道啊,墨贼家真的见活鬼了,他们家八仙桌上的家神位,变成大活人了!"

"啥?"母亲一脸惊愕,长竹篙直接从手中滑落,"你说啥?"

"我说,墨贼的叔公回来了!"

母亲直接愣住了,她的嘴呈"O"形,许久都说不出话来。待她回过神,连忙放下手中的活,转过头对我说:

"你在家待着,你爸去买一些年货,应该很快就回来了。我去王老奶奶家看看,到底是什么情况。"说完,转身就走了。

我只好在家自顾自玩了起来,很快,父亲就"依歪依歪"踩着他的旧凤凰自行车回来,车后背绑着几个麻袋,车手挂满各种塑料袋,我都难以想象,他是怎么挪出空间把车踩回来的。只见他车还没停稳,声音就先飘了过来:

"珍仔!珍仔!赶紧来替手①下!"

"阿母去王老奶奶家了!"我一边回应,一边跑到车前帮忙。

父亲手扶住车手,一只脚先着地,另一脚再慢慢绕了过去,待两只脚站稳,他腾出一只手,把塑料袋一袋一袋取下来交给我,嘴里还不停地念叨着:

"大年大节的,也不在家帮忙,去王老奶奶家干啥啊!"

"墨贼的叔公回来了!"

"啥?"父亲吓了一个踉跄,差点连车带货倒在地上,好在他手力大,使劲抓住车手,才把歪歪扭扭的自行车又平衡住了。于是,我们手忙脚乱地把货都放下了,父亲拍了拍身上的灰尘,整

---

① 替手,闽南话方言,指帮忙。

十二、叔公

了整衣袖,转头对我说:"你在家待着,我先去王老奶奶家看看情况。"

我觉得很无趣,但也只能继续自顾自玩了起来。

那一天,父母很晚才回来,母亲胡乱煮了几份面,我们一家人围到餐桌前吃起来。吃着吃着,父亲就开口了:"别说,老林家家神都拜了几十年了,没想到活人回来了!"父亲说完,忍不住笑了起来。

"我听一群老查人①叽叽喳喳的,到现在也没有弄明白,他叔公是怎么回来的?"母亲疑惑地问道。

"我听他们说,他叔公当年被国民党抓了壮丁,后来就跟着部队退到了台湾。新中国成立后,海峡两岸从此隔绝,音信全无,王老奶奶当然以为她家老二死了……"

"说起来真是惊死人,家神拜了几十年,忽然间一个大活人回来了!"父亲还没说完,母亲便惊恐地说道。

"你还不知道!要是在以前,王老奶奶一家可就麻烦了!不过现在好了,国民党还能回乡探亲呢!"父亲感慨道。

"按怎讲?"母亲更加疑惑。

"通敌呀!"父亲发现自己的声音大了些,转头向门口张望,看四周没人,他才又缓缓说道,"不过,接下来老林家要发财了,我听说这位老叔公是带着一皮包的美金……"

母亲又惊吓住了:"美金?一皮包?"

"总之,就是很多了!"父亲应道。

"难怪老林家一整天没断人②。"

"以后会更闹热③咯!"

---

① 老查人,闽南话方言,指老妇女。
② 没断人,闽南话方言,指人一直络绎不绝的样子。
③ 闹热,闽南话方言,指热闹。

父亲说完,就笑了起来。接着,母亲也跟着笑了。

我自始至终没听懂父母在说什么,只明白,墨贼家的那位叔,是真的回来了,而且是带着很多钱回来的。

这一晚,夜跟往常一样静。我们一家人洗漱完,就上床休息了。我躺在床上,想着明天,一定要让墨贼找他叔公要一张美金瞧瞧,看看和我们的钱有什么不同。哦,对了,那美金应该能买很多很多的糖果,明天一定要让他请客……

想着想着,我便美美地进入了梦乡……

十三、娶亲

那一年除夕，和往常一样热热闹闹过去了，不同的是墨贼家因为来了一位叔公，显得格外热闹。而我，也在那一年，平生第一次见到了1元的美金。本来还以为是来自美国的金子，料想应该跟我见过的女人脖子上的金子差不多，没想到也是一张纸而已。

后来，我听墨贼说，他叔公当年在战场上伤了身子，导致无法生育，虽然去台湾后也曾娶了妻子，但一直未有子嗣，此次回大陆探亲，一方面是想回归故里，另一方面则想在血脉相连的后人中寻一位男丁过继。王老奶奶看孙子林二一副浪荡样，便想促成曾孙墨贼过继，可林大的老婆生完墨贼就结扎了，林大虽然好吃懒做，但在香火延续这个问题上，面对满袋子的美金也坚决不允许将墨贼过继，展现出从未有过的男人气魄。后来，虽然他叔公心有不愿，可还是过继了林二当养子。

这个决定产生的蝴蝶效应，就是在这个春节，林二似乎变了个人，俨然成了一个勤俭持家的好孩子，他充分发挥自己结实的身体，早起晚归忙碌起来。变样的林二加上台胞资本的加持，以致这个春节，王老奶奶家的门槛都快被上门提亲的人踩破了。后来，还真的定下来隔壁村大村主任的二千金，据说那女孩刚从卫校毕业回来，芳龄二十。虽然这二千金很少下地干活，可是瞧人家那走路的样子，一扭一扭的，多少男人见了口水都忘擦了。这门亲事对看林的老林来说，简直是祖坟冒烟了，他看了一辈子的木麻黄，也不知道多少次被隔壁村的大村主任①指着鼻子训斥侮辱，这次，他终于可以昂起头了！

"多少年老子都被压着，现在，轮到老子的儿子压你女儿了！"

想到这，老林的嘴角就扬起了得意的笑容。

婚期定在农历六月某日，据说这一年属闰年，六月又是闰月，"双闰"是难得的好日子。婚期选在这样的日子，寓意好兆头。只是，阿春与美姑的婚期，居然也定在这一天！这真是无巧不成书！

没有风起云涌的日子，平静如水缓缓淌过。

待婚期临近，繁杂的闽南人的结婚礼俗，对于孩子来说并不好玩，但印象最深的还是"搓红圆"。在远庄村，一年搓圆只有两次，一次是农历六月中，俗称"半年圆"，据说吃了涨半岁；一次是冬至那天，俗称"冬节圆"，吃了就涨一岁。所以闽南人算年龄，是以冬至这天为起点的。话说回来，不管是"半年圆"还是"冬节圆"，都是将糯米粉弄湿搓成圆圆的，要么煮红糖，呈红色，要么煮白糖，呈白色。只有婚庆喜事时搓的"红圆"，需要把一种可食用的红色粉末，和着水湿的糯米粉一起搓，才能煮出红润的"红圆"来。

大喜的前一天，由于老林家和美姑家同时都要"搓红圆"，帮忙的妇女大部分都去了老林家。这也难怪，人家不仅有台胞，钱包鼓鼓，还有官靠，后头有人。母亲最看不起有些人家"看高不看低"，大早就带我去了美姑家帮忙。刚进美姑家门，虽然帮忙的妇女有些稀疏，可该来的人家还是早早来了。有趣的是，美姑家三岁

---

① 远庄村为自然村，行政上归属隔壁村管辖，所以，看林的老林挨隔壁村大村主任训斥也属于正常现象。

的女儿——早儿①,也站在人堆里,一副大人模样搓着红圆。

"呦,你母尚未嫁,早儿已经会帮忙'搓红圆'了!"

母亲一进门,就开起了玩笑。

妇女们听了,也咯咯地笑了起来。

"人讲我母不是嫁人,是娶人!"早儿嘟起嘴,扭起头,那生气的样子,全场的人更是被逗得哈哈大笑起来。

"好啦!好啦!是娶人!是娶……"母亲笑着回道,可话还没说完,就看到对面的妇女对她拧着眉。她连忙转过头往后看,便看到涨红了脸的阿春正走下楼,母亲偷笑了一声,话锋一转,"好啦!好啦!我们人这么少,不通多讲话,赶紧'搓红圆'啦!"

阿春没有说话,径直走到院子外面忙去了。

在众人帮衬下,红圆搓了几米箩;接下来,就是用大鼎煮;待煮熟了,一部分盛在小红碗里,待大喜之日拜拜用,另一部分则盛在大锅里,两三人扛起,去挨家挨户分给亲堂叔伯、邻里好友。这一忙,就到了夜黑三更天了。

自古以来,红色一直是体现闽南人的精神气质和民俗文化的吉祥色。红对联、红地毯、红门罩、红雨伞、红碗、红筷子、红棉被、红枕头……不是红色的家具,也得用红纸圈起来,总之,在美姑家里,目所能及的,都是红色的。而这一晚,对于远庄村的人来讲,注定是不眠夜,因为不管良辰选在何时,按照我们当地的民俗,新郎新娘都要在这一晚的子时拜天公,所以晚上十时左右,娶亲的人就得去女方家接亲了。也有例外的,比如说美姑家是上门女婿,就得到男方家去接阿春。

当村头老林家的鞭炮响起来的时候,美姑家的鞭炮也适时呼应

---

① 在闽南某些地区,方言中"早儿"的发音,与称呼"女儿"的发音相似。美姑在给孩子取名时,可能也是因为本意是叫"女儿",后就直接雅化成"早儿"之名称。

远庄

起来，一时间，远庄村宁静的夜似乎颤抖起来，而老林家人群欢呼的声音，更是一阵压过一阵。虽然老林家在村头，美姑家在村尾，可远庄村就这么一个小村庄，况且老林家娶亲的队伍，还得绕过美姑家的后巷才能去到隔壁村。这一下子，美姑家略显稀疏的娶亲队伍，就这样被比了下去，这也让美姑这方的人心里感到不满。由于阿春家跟美姑家是同村，两家又离得近，于是，当村口的鞭炮响起来的时候，阿春喊了一声"走"，一群人便来到了美姑家后巷，待老林家迎亲队伍浩浩荡荡也来到巷口，阿春又大喊一声"点炮"。猛然间，巷口密密麻麻的鞭炮噼里啪啦响起，浓烟一下子把巷子笼罩住了。老林家的迎亲队伍连忙转入另一个巷口，没想到另一个巷子的鞭炮也同时响起。转了几个巷口，老林家的迎亲队伍硬是找不到一条可以通行的巷子。

"阿春仔，你是要创啥空？①"人群中，有人大声地斥责道。

可是，声音再大，也被雷鸣般的鞭炮声淹没。纵使没被淹没，阿春也当听不到。不一会儿，巷子里的鞭炮声就更加响彻了。

老林家的迎亲队伍眼见前进不得，只得请花伯村主任出马求情。花伯无奈地摇了摇头，只好咬咬牙走进美姑家，还没踏进门槛，就听得阿春羞道：

"花伯村主任不是帮着老林家去迎娶大村主任的女儿吗？怎么有闲暇跑到我家来热闹，来，美姑，给花伯倒上一杯喜酒啊！"

"不，不，不……"花伯摆摆手，脸一下子如醉酒般红到耳根，"阿春，你不知，人家是大村主任，我是番薯块②，我能不捧场啊！"说完，就悻悻低下了头。

美姑这时候走出来，拿出一把喜糖塞进花伯的口袋里，笑着说道："花伯，你别听阿春瞎说，明早抽空一定要来吃个便饭。"说

---

① 创啥空，闽南话方言，表示语气强烈质问对方"要干什么"。
② 番薯块，闽南话方言，指地瓜块，这里比喻自己很卑微。

着转向阿春,"阿春哥,鞭炮也放够了,子时也快到了,你误了别人的时间,也误了我们自己啊!"

"是啊!是啊!"花伯连声应道。

"你就赶紧回老林家去,别在这哼哼了!"阿春生气地应道,扭过头走到巷口,对众人喊道,"都回来了,准备拜天公了!"

于是,众人才放下手中的鞭炮,回到了美姑家,老林家的迎亲队伍也终于得以顺利通过了。

闽南人结婚的礼俗众多又烦琐,且不说把当事人累得够呛,就连看热闹的我们,也早已腰酸背痛困意连连。待拜天公的时候,我们这些闲杂的人也各回各家了。第二天,我是睡到日上三竿的时候才被墨贼吵醒了:

"快起来,看新娘了!看新娘了!"

我揉揉还没舒展的眼睛,回了一句:

"臭墨贼,新娘有什么好看的,吵死了!"

"唉,你这就不知道了,每个去的人,新娘都会给糖果和红包,你要是去晚了,说不定就没有啊!"

墨贼把紧握的手展开,红包和糖果便诱人地呈现在我面前。

"怎么不早点叫我!"我匆匆穿上衣服,连饭都来不及吃,就跟着墨贼往老林家跑去。

还没跑到门口,就听得几个小女孩一边吃着喜糖,一边哼着闽南谣童《看新娘》:

远庄

龙景干，①
开雨伞。②
恁点灯，③
阮来看，④
看恁新娘高啊低。
拜佬拜天地，⑤
天地影影飞，⑥
拜佬拜鼓吹，⑦

---

① 龙景干，闽南语方言，晒干的桂圆。在闽南农村，民间婚嫁习俗中，女方出嫁前，娘家在准备嫁妆中，桂圆干扮演着很重要的角色，一是闽南地区盛产桂圆、荔枝等水果；二是用桂圆干炖汤，具有很好的滋补身体的作用；三是桂圆干很甜，新婚期间赠送，也寓意寄望夫妻甜蜜。

② 开雨伞，闽南农村婚嫁习俗中，新娘出嫁要走出娘家门时，新娘的兄弟要帮新娘打开红伞（用红伞取代红盖头），新娘要出门时需撑着红伞，从一个上面放着燃香火炉的米筛上跨过，据说是可以辟邪。

③ 闽南农村婚嫁习俗中，新娘到了夫家，找好时辰就直接进了婚房，便不再出来和宾客见面，只有宴会完毕，婚房"点灯"起，便意味着闹洞房的时间到了。当亲朋好友涌进婚房时，新娘要给每个人发喜糖，然后是各种瞎闹瞎扯，直闹到夜里子时"收灯"，就代表着闹洞房的时间已经到了，大家可以自行散去，不要再打扰新婚夫妻的花烛夜了。

④ 阮，闽南语的意思就是"我"。阮来看，就是我好奇地跑过来看。

⑤ 拜佬，就是跪拜夫家的爷爷奶奶爸爸妈妈等长辈。拜天地，这里的天地，指的是天地公。拜佬拜天地，都是在提前就选定好的吉时进行。

⑥ 天地影影飞，这里的天地不再指天地公，而是指天和地，大意就是跪拜久了，头都晕了，天旋地转的。

⑦ 鼓吹，指敲锣打鼓的人。这里拜不是跪拜，指的是敬拜，对敲锣打鼓的人道一声辛苦。

十三、娶亲

> 鼓吹嘀嘟陈,①
> 犁犁田,②
> 田好播,③
> 雀纱换雀裤。④

此时,我的心早就飞进屋子里,可刚踏进新房,看到一圈又一圈的大人小孩,我一下子懵住。这么多人,我怎样才能挤到前面去啊,如果新娘见不到我,怎么分给我糖果和红包,好在这时,墨贼大喊一句:

"婶,我兄弟鲲仔来看新娘,你赶紧给他分喜糖和红包!"

众人也被这句话吓了一跳,纷纷把目光转向我,我的脸一下子红到了耳边,心扑腾扑腾跳得更厉害了。本来就跑着来的,这墨贼如此直截了当说出我的需求,着实让我找个地缝钻进去的心都有了。正当我低头不知所措站在屋角时,新娘忽然起了身,抓起一把喜糖塞进我的口袋,又拉起我的手,把红包塞进我手心。新娘穿着红色的紧身连衣裙,这紧身的红裙把她像粽子一样包裹得棱角分

---

① 鼓吹,这里又不指人,而指的是真实的鼓和锣。嘀嘟,象声词。陈,响的意思。鼓吹嘀嘟陈,这是新人在"拜佬拜天地"时,这些鼓和锣就要响起来,越热闹越好。

② 犁犁田,第一个"犁"是名词,第二个"犁"为名词,指用犁来犁田。

③ 田好播,指田犁过后,土质变得松软,这样就比较好播种。当然,这路面的田与犁,更有另一种含义,犁暗语新郎,田暗喻新娘,而"好播种"则有"好生养"之深意了。

④ 雀,指漂亮好看的东西,也指一个人爱臭美。雀纱,就是很漂亮的纱,可以用来织布。雀裤,指清朝时期那些绑着小脚的女人穿的裤子,这种裤子下面有很精美的绣花,非常漂亮;最下面会留出一些如稻穗一样的丝带,以盖住自己的绣花鞋。

明，而在其胸前，红裙恰到好处少了一大片，就如同被剥开一片竹叶，粽肉飘香诱人。在我飘忽的遐想中，新娘纤细的手触碰我的手，带着暖暖的体温，让我全身涌起一股热流。我羞涩地抬起头，准备道声"恭喜"，却见新娘用水灵的双眼注视着我，哇！那白嫩的脸庞，那红润的嘴唇，那精致的头发，那熠熠闪光的耳环……太水了！太水了！

我曾经以为，这世间的美，非美姑莫属，哪知世间竟还有如此精致的女子，还有如此美丽的新娘！

我的心里浮出种种疑问：美姑怎么就比不上眼前这位新娘光鲜靓丽；娶亲的日子，美姑家怎么就没有老林家热闹；最重要的是，昨天在美姑家帮忙了一整天，差点连饭都吃不上，也没见他们给我们红包，而我只是匆匆赶来看了一眼林二的新娘，却能得到一口袋的喜糖和一个沉甸甸的红包？

我感到极大的落差，即使我收获了糖果和红包，但心里却忽然落了空，我羞红着脸，以至于那句准备了好久的"恭喜"还没说出口，一股失落突然袭来，我悻悻转身跑出老林家。

身后，是一群人颤巍巍的笑声。

我分不清，那是带着何种情感的笑声。

十四、离乡

从老林家跑出来后，也不知道为什么，我的心里总感觉有些东西堵着。

我跑啊跑，跑啊跑啊，却在一处巷角，忽然脚下一绊，重重地摔倒在地，脚踝处、手掌上都被地上的沙子磨出了血。我正想骂上几句，却发现绊倒我的居然是一捆一捆的鞭炮。我支撑着站了起来，拍了拍衣裤上的尘土，一抬头，却见胡哥正沿着自己家的巷子，拉着长长的鞭炮绕着圈。我这才意识到，原来我跑着跑着来到胡哥家了。

"胡哥，你放这么多的鞭炮做什么啊？"我忘记了摔倒的疼痛，疑惑地问道。

"鲲仔，你没去美姑家闹新房，来这干啥？"胡哥连眼都没抬一下，继续拉着鞭炮往前走。

"我刚从墨贼叔叔的新房出来呢，还得了糖果和红包呢。"我伸手准备去掏糖果。

"你自己吃吧。"胡哥冷冷地说道，不一会，他站住停下，转过头看着我，问道，"你没去美姑家？"

"今天还没去呢！"我应道。

"你看看，小小的年纪，也是大小眼啊！"胡哥转回身，继续往前走。

"昨天，我和我妈帮忙到半夜呢！"我有点不服，大声说道。

"抱怨没有拿到糖果和红包？"

"没有！"胡哥的话有些带刺，让人听了很不舒服，所以我以喊声回应。

"为了庆祝今天这个好日子，我也要把鞭炮放得漫天响！你赶紧闪开，免得被炮打到，它们可不长眼睛。"

说话间，他拿出火柴，轻轻划了一根，然后就近点上鞭炮的导火线。

一时，火苗倏倏冒出，我吓得连忙躲进另一个巷子。瞬间，鞭炮声连绵响起。听到鞭炮声的村民，以为是村里又发生什么大喜事，便三三两两围了上来。随着鞭炮声的继续响彻，围观的人也越来越多。由于鞭炮声太响，大家也说不上话，直到发现鞭炮是围绕着胡哥家的房子摆放的，他们的脸上也从惊喜逐渐转为惊讶，进而是疑惑不解，再而便是有些鄙夷。没想到，鞭炮足足响了半个多时辰，把围观村民的耳朵都差点震聋了。直到鞭炮声消减，人们才面面相觑不知所然地大声说了起来：

"粪叟胡是创啥空？点这么多炮？"

"亲像他爹啦，开始起拱①啰！"

"我看不是起拱，是看人娶某目切②！"

"没法度③啦，你看这是啥人家，还想要娶某？"

正说话间，忽见胡哥站在家门口。此时，他西装笔挺，头发梳得油光发亮，几丝未燃尽的炮眼从他身边飘过，甩出几道浓烟，那一刻，他犹如一位从天而降的天神，哪怕背景是他家那堵破败的土墙，可依然掩盖不住此时他身上散发出来的不凡神气。只是，这股

---

① 起拱，闽南语方言，乱跑乱窜之意。
② 目切，闽南语方言，嫉妒之意。
③ 没法度，闽南语方言，没有办法之意。

十四、离乡

神气只是停留了短短的几十秒，便被好事的村民打破：

"粪叟胡，你是创啥，搞这么大的动静！"

话刚落下，人群便是哄笑成一团。

"明日起，我准备南下，所以用鞭炮给自己送行，没承想打扰大家了！我道一声歉！"

胡哥一言一语掷地有声，说完还弯腰鞠了一下躬。

人群顿时安静了。

我没有想到的是，我居然看到作为新娘的美姑，她也簇拥在人群中，只是此时，她已经转过脸，扭过身，慢慢朝家的方向走去。哪怕如此，我依然清晰地看见，她眼角滑落的泪珠。

人群逐渐散了。

闹腾的地方继续闹腾，平静的地方终归平静。

夜也悄悄地来了。

那一晚，我却格外地清醒，很多画面在我脑海中如电影放映般闪现，我第一次感觉自己忽然长大了，也明白眼泪代表什么。这些年，我见过太多的眼泪，我第一次明白，每一次的泪落，一定都有一个令人忧伤的故事，比如美姑没有林二的媳妇美了，比如阿春还是那样让人看了生厌，比如胡哥就要离开我们了……对了，胡哥居然要离开远庄村，居然要离开我们，我想不明白，他为什么要抛弃我们？他怎么舍得这块生养他的土地？

我辗转反侧，在迷迷糊糊中睡着，第二天又迷迷糊糊起了个早，我带着困意坐在胡哥家的门口。我真的觉得自己长大了，我怕这一别，就再也看不到他了，所以我必须在他离开的时候，送他这最后一程。

我困意满满地坐在胡哥家的门口，头倚着他家那破败不堪的门，我几乎是眯着一会，又睁眼一会，生怕胡哥忽然就悄悄地走了，就无声无息地走了。也不知过了多久，门终于开了，我倏地站起身，揉着眼，慌张地说道：

"胡哥，你要走了吗，我来送你。"

"鲲仔，没想到你人这么小，还这么有情。是啊，我准备走了，你还没吃早餐吧？"

"还没呢，我怕你走早了，往后就见不到你了！"

我逐渐睁开眼，看到胡哥穿着昨天的西装，一手提着一大包，身上还背着一个小挎包。听到我说没吃早餐，他连忙放下大包，然后从包里取出两个包子递给我。我摆摆手拒绝，他便直接塞到我手里，笑着说："小鬼，看你送我的分上，我才分你填肚子。你以为我舍得啊，这可是我路上的干粮啊！"说着，又提起两大包，"走，陪哥走到路口，早班车的时间快到了！"

于是，我们不再说话，一路上，胡哥在前面走，我在后面跟着。此时，晨露还停留在草丛上，一路打湿我的裤脚；几只不懂忧伤的鸟儿，居然还在欢快地叫着；只有远处的潮水，似乎理解我们的心事，发出一阵又一阵的哀号。很快，我们就走到了路口，班车还没到来，胡哥把包继续放在路旁，沉默了一会儿，他长长地叹了口气，说：

"鲲仔，你还细汉，有些代志，要等你大汉的时候，才会懂。"

我懵懵懂懂地点着头，此刻，我的内心很忧伤。

班车终于从远处的木麻黄林子中露出了头，渐而越来越近，胡哥上前招了招手，班车在即将到达我们身边时，忽然发出"叭"的喇叭声，直接划破宁静的清晨，把刚还在欢快叽喳的鸟儿也吓跑了。此刻，凄凉直接注入了我的身体，注入我的血液，我的内心很沉重，眼眶是无尽的酸涩。直到班车在我们身旁停住，我注视着瘦弱的胡哥，两只手抓起了那两个沉重的包，如同他即将肩负的沉重包袱，然后踉跄地踏上车。车门很快就关上了，班车再次启动，越来越远，越来越远，直至消失在木麻黄林子里。

我忘记了挥手告别，也看不清车里的胡哥，是注视着我，还是不忍直视我，不忍直视这个生养他的地方。我的眼角早已湿润了。

没有胡哥的远庄村，就如同没有傻叔一样。

十四、离乡

村庄很快再次恢复了平静。

海娃的日子,也一样恢复了平静。

每个早上,当鸟儿在竹林里叽叽喳喳叫个不停时,远处的渔船一条条归来靠在岸边,也带回了满载而归的捕鱼人。这些大小不一、颜色各异的渔船,由于沾满了海水,在朝日的照射下,便闪烁着五颜六色的光,与波光粼粼的海面交相呼应,美丽极了。这时候,我们这些无忧无虑的海娃们,就撒腿奔到海边,挽起裤脚,然后穿梭在渔船的缝隙里。小鱼儿常常会在浅水里乱游乱窜,偶尔冲撞我们的小脚,偶尔还对着我们的小脚一番瞎咬,让我们激动不已。我们一顿瞎扑腾,最终还是抓不着,可那种乐趣,是属于大海的,是属于海娃的,是属于童年的。

在水里玩累了,我们便一个一个横躺在湿漉漉的沙滩上,听潮水,看蓝天,偶尔做一组童年的梦。沙滩上,一群海鸟奔着飞快的脚步,正在寻找猎物,当发现前方躺着一堆人时,它们就会放慢脚步,停留片刻,远远地注视。我们不动,它们也不敢往前,一会儿啄沙滩上的土,一会儿又啄翅膀上的毛,一会儿咕咕叫上几声。只要我们轻轻坐起,它们就如临大敌般迅速张开翅膀,倏地飞跃到空中,又咕咕叫个不停;忽而又飞入低空,扑向刚刚掀起的巨浪,瞬间淹没在浪潮里。待你再次发现它的影子,它已叼起一条还在挣扎的鱼儿,向高空飞跃而去……

奶奶常常说,每一只海鸟,都是一个死去水手的精灵。

我最喜欢看这些海鸟,喜欢看它们收获时的匆忙,喜欢看它们饱食后的悠闲,喜欢看它们惊吓时的慌乱。偶尔,我也会逗逗这些贪吃的海鸟,只要在沙滩上撒一些小鱼儿,它们就会成群落下,左看看,右瞧瞧,然后小心翼翼来到鱼儿面前,迅速将鱼叼起,又一骨碌吞下。在它们吃得忘乎所以时,我只要往前奋力一冲,海鸟便逃命般腾到空中,咕咕几声,消失得无影无踪……

到了傍晚,夕阳依然红艳艳地挂在西边,小溪潺潺地唱,忙碌了一天的人们,伴随着夜色朦胧,也逐渐安静了下来,唯有远处的海浪，还在不知疲倦咆哮着。
　　一切似乎都没有丝毫的改变，只是我常常觉得少了些什么，也常常想起一些事，常常想起一些人。
　　但是，我还是在慢慢成长……

十五、变化

时间悄悄过去了六年。

六年里,我也慢慢长大了。我不再和那一群顽皮的孩子一起唱着老掉牙的放牛曲赶着牛儿往水草地瞎闹,我已经认识了很多弯弯曲曲的字眼,甚至也慢慢地明白曾经的幼稚与无知,渐渐明白了曾经发生的一些事。我时刻在想念着童年时的一些人,想念和我们一样童稚的水草、芦苇、海浪、沙滩,甚至还有那些有趣的鹅卵石、仙人掌、破渔船。

时间是一场狂风暴雨,历经之处都被洗刷得干干净净。

但记忆,有时候哪怕是狂风暴雨,也洗刷不了,它会在心腾空时,悄悄找一处安了家,有时又会冷不丁窜出来,唤醒你,刺痛你,折磨你。

六年里,远庄村并没有什么大变化,但小变化还是有的。

比如,自从有了阿春后,美姑家真的变了,她的妹妹开始一个一个地嫁出去,她父亲也渐渐少了酒气,神里神气地当上了村里头的大忙人。村里哪家有红白事,都会喊上他帮一把,作为远庄村的老人,他懂规矩,知礼俗,关键的是他自己也乐意。他说,他现在也没啥可操心了,只要自己活得开心就可以了。美姑又接连生了两个女娃,虽然心里很忧伤,但由于家庭境况一日比一日好,她心也宽了,村前村后,经常忙得匆匆跑,遇到开心事,也是咯咯笑,像

远 庄

一朵盛放的红牡丹。

而阿春确实是能干，自从他当上了代公，这十八户一伙的大网，常常大有收获，捕得的鱼更不逊于那些单干户[①]。在大网拉绳，对力气的要求并不特别高，年纪相对大些的人也可以参与，因此大网解决了一些缺乏青壮劳力家庭的生存问题。比如村主任花伯的家里，自女儿嫁走后，家里就剩下了老夫妻，靠那几亩贫瘠的土地，是很难生活的，正是大网带来的额外收益，让他们有了贴补。当然，经验老到的花伯，也是阿春的好助手，他总是能适时观察到鱼群到来的迹象，及时指出鱼群的方向与位置，让这一伙大网大丰收。

这几年，由于父亲曾经摔伤无法干重活，有潮水时他跟着阿春哥牵大网，歇网后他就把大网捕到的鱼大部分收购了，装在鱼筛里，再一筛一筛叠放在两个箩筐里，捆在破旧的凤凰自行车的两边，然后吭哧吭哧沿着老镇的柏油路骑着，一个村庄一个村庄地叫卖："卖鱼呦——卖鱼呦——"牵大网的分成以及贩鱼赚来的薄利，也让我们原本贫穷的家逐渐好转起来。

也许，贫穷才是滋养丑恶的细菌。随着家境的好转，奔忙的父母似乎找到生活的盼头，从此也不再争吵了。我也如愿入学，那会儿也快小学毕业了。那时候，也并不是所有的适龄儿童都能上学的，入了学的也不一定能读到毕业。为了守住这份幸运，我学习更加刻苦努力，即使每次上学都得赤脚走到三里外隔壁村的小学堂，放学再赤脚走回家，但我从不觉得苦和累，因为能读书是一种幸福。我的阿不妹妹因为有了鱼腥和油水的滋养，也逐渐长高了，可

[①] 远庄村传统的捕鱼方式有两种：一种由十八户人家组成，每户各出一个人，由代公指挥，年轻力壮的负责划桨、放网，大部分人是在海滩上负责拉网；一种是单个家庭，俗话说，三个男人一条船，一般是一个家庭里有三个劳力，便可以自家购一条船单干了。

身材仍然瘦小的她任凭父母怎么劝，就是不想去学堂，那时候女娃去上学的更少，年龄已经偏大的她怕被同学笑话，因此便全职担起给家里拾柴火的重任，脏活、累活更是没少干。

阿不妹妹的玩伴田婴、猫鼠也没有去上学，因为家里穷，别说学费交不起，家里更是不能缺人干活。有一年的某天，阿不、田婴、猫鼠三个没有上学的女娃去木麻黄林梳草，回家时天色太晚，田婴不小心踩进一个屎礐[①]里。那时候，农村人种地养家，肥料是必不可少的，可是加工的肥料太昂贵，购买成本太高，所以这个与生活息息相关的粪便，就成了最好的肥料储备。不管是人粪还是动物粪便，都是天然的好肥料，得用心储蓄起来，以备用时。蓄人粪就得盖茅厕，闽南人叫屎礐，这个屎礐的制作工艺也很简单，挖一个深坑，然后用水泥覆上一层，以防漏水，然后在边沿挖一个口，做一个蹲位，蹲位周边砌上一米高左右的墙，就大功告成了。如果是女屎礐，那就尽量把墙再砌高些，有时候还盖上顶，以挡日晒雨淋。同村的男女上厕所，一般都往屎礐走，路上碰到，还问一句："吃饱无？"很是有趣，甚至还一边上着茅厕，一边聊着天，好像上厕所只是一件再寻常不过的事。可是，蹲位只是盖住屎礐的一小部位，大大的坑就暴露在光天化日之下，散发出一阵又一阵的恶臭，同时也很危险，人若是不小心就很容易掉了进去。那一次，田婴掉进去后，阿不和猫鼠拼命跑回村里喊人，可等众人将田婴捞上来后，她的"翅膀"已经被粪便覆盖，从此"飞"不起来了。

这件事给村里的孩子们沉重的打击，从此也将有屎礐的位置，如同记诵课文一样牢牢记在心底。每次上屎礐，都是小心翼翼，生怕会忽然掉坑里，有时候睡觉时还做噩梦说自己掉了进去，半夜里常常被吓醒。

再说说老林家。林二自结婚后，即使他一改原来的浪荡形象，

[①] 屎礐，闽南话方言，指茅厕。

远庄

每天地里海里奔忙,可是长年不学无术的他,临时抱佛脚谈何容易。他去种地,野草常常长得比庄稼还高;他去讨海,早出晚归也不过是捕获几条小鱼。新娘入门成旧娘,生完娃后的林二老婆,本就娇生惯养,从不下地干活,平日里都是花枝招展的,见林二如此窝囊,成日里唠叨不断,咒骂不绝。但林二绝不还嘴,有时候被老婆拿着东西打,一口一声"水流尸"地臭骂,他也不躲闪,也不还手,这个曾经浪荡的人,忽然就如同秋日的黄叶,秋风一吹,片片飘零。

每日黄昏,老林家就呈现出这样一幅精彩有趣的画面:

"水流尸,不是看在台湾叔公的份上,我早就回家了,一个破房子,窝着多少人,你看看,你们家都是些什么人……"

林二老婆一边嚷嚷,一边把林二的衣裳往外扔。林二低着头站在门口,如做错事的孩子。屋角的王老奶奶坐着小凳子,斜倚在破旧的墙上,眼泪从闭着的眼缝中流了出来。院子里,台湾叔叔坐着摇椅,侧起身望着屋子,嘴巴张得大大的,忽然一件男士内裤飞来直接罩在他的头上。此时,刚从地里干活回来的大脚婆匆匆放下农具,正想上前去劝阻,屋里被吵闹吓到的林二的儿子小管[①],咧开嘴号哭了起来,哭声却与坐在一旁演奏的林大的喇叭声,形成了完美的合唱……

一日,不经其扰的台湾叔公大喝一声:

"闹够了没?闹够了就找一处宅基地起厝[②],省得成天没一刻安宁的。"

喇叭声戛然而止,吵闹声也即刻静止,老林家终于回归了之前的平静。后来,在老林的斡旋下,又经由老林家亲家的大村村主任

[①] 小管,闽南话方言,指鱿鱼。在远庄村这一带,当地喜欢给孩子取各种奇怪的乳名。

[②] 起厝,闽南话方言,指盖房子。

108

十五、变化

的批准，在离公路不远的林木枯萎地，划出了一块地给了老林家当宅基地。没想到地刚得到落实，老林家的争端又开始了。

"我们家林二可是过继给台湾叔公的，房子就应该我们家来盖！"林二老婆又开始嚷嚷起来。

"叔公又不是你们一家的，凭什么只给你家盖房子？"大脚婆也一反常态，硬气地回道。

"就凭地也是我爸批的！"林二老婆昂首瞪目。

"那也是批给咱爸的，不是批给你一家的！"大脚婆也昂首撑腰。

两个女人如同两只带着小鸡抢占地盘的老母鸡，昂首对峙，互相不甘示弱。

最后，又在花伯村主任这个和事佬的劝说和调解下，双方达成协议：旧房给林大家，宅基地给林二家，把台湾叔公出的钱平均分成两份，一份给林二起新厝，一份给林大翻旧厝，等林二新厝落成就搬去那边住，双方不能再因这事起冲突。于是，签字，画押，一家人又重新回到同一个屋檐下，平静地过了一些日子。

俗话说，有钱能使鬼拉磨。林二的新厝盖得很快，眼看它排地基，眼看它砌高墙，眼看它盖石板，眼看它抹石灰……总之，速度之快，让远庄村的村民们看得瞠目结舌。也难怪，远庄村多少年没有见新房子了，现有的老房子，几乎都是远庄村老一辈勤苦砌的土墙，这些经不起风雨的土墙，有些倒了，有些歪了，有些残留半墙，有些凹进去一半。尽管如此，几十年来，远庄村勤劳的人们还依然住在这里，住在土墙砌起来的老房子里面。当远庄村以外的世界里，早已用石条和石板盖房子了，而远庄村却因为贫穷而一直没有改变。

"这真是我们村的第一座石头厝啊！"村民们议论纷纷，羡慕不已！

还没平静多久的老林家，又开始起了波澜。

"就你窝囊，不是说你过继给叔公吗？还要把钱分一半给大伯家翻新老房子,要不然我们家都可以盖两层楼了,就你们村,还没见哪户盖楼房呢!"林二老婆说起这事就来气,对着林二就是一通臭骂。

"凭什么林二他们就可以起新厝,我们就得翻旧厝?叔公当初不是要过继墨贼嘛,就你还硬气啊,也不下地干点活,成日里只会吹喇叭,能吹来西北风啊?"大脚婆刚嫁过来的时候,还怕被林大嫌弃,如今这么多年过去,她可是起早贪黑操持家庭,说话自然越来越硬气了。

梁子就这么在两个女人的煽风点火中结下了,终于在林二新厝落成乔迁的那一日,喝高了的林大和林二,在亲朋好友的见证下,各自拿起一把菜刀,要不是那天人多把二人拉开,说不定两兄弟就血溅宴席了。

只是,受不了刺激的王老奶奶,当场气晕了过去,众人赶忙叫了救护车。一波未平,一波又起,看不下去的台湾叔叔,忽然站起来破口骂道:

"老林生的这两个阿斗啊!真是泄炊①林家的祖先啊!"他骂骂咧咧,手脚抖动,牙齿也咬得咯咯响,众人见状,也赶紧把他簇拥进新厝的新房里休息了。

从此,王老奶奶的身体越发虚弱,走路都是一颤一颤的。

自王老奶奶从医院回来后,林大林二住进各自的房,从此不再走动。台湾叔叔后面听说经人介绍了一个隔壁镇的寡妇,没多久,他也搬离了林二的新房子。再后来,林二家的新房子里的吵架声越来越大,越来越频繁;倒是林大家平静了很多,每日的黄昏,林大照旧搬来矮凳坐在墙角,鼓捣着他亲爱的喇叭:

"嘀嘀嘀嘀嗒,嘀嗒嘀嘀嗒……"

---

① 泄炊,闽南话方言,指干不了正经事,给祖先丢脸,也在其他人面前丢了颜面。

十五、变化

再后来，据说林二的新房周围，常有一些陌生男人出入，反正林二说，那是大脚婆在嚼舌根，但我却目睹了好几次。

生活，总是充满无奈的，哪怕真的有苦，也只能自己咽下去，因为别人无法替你承担。

只是我挂念的胡哥，在我成长的这几年，再也没有见到，有人说看到过他在厦门，有人说看到过他在广州，有人说看到过他西装革履，有人说看到过他在火车站行乞。但一切也许都是谣传，因为他没有回来过，我总觉得，胡哥根本就没有真实地生活在我们面前，或许他已经死了，或许他正生活在一个遥远的地方……

就如同我已经看不到很多人，也想不明白很多事了。

时间，就像是一场暴风骤雨，历经之处都会有变化，我们谁也无法阻挡。

童年的芦苇林烧过了，第二年依旧茂密如初，嫩绿的水草割了又长，只是远庄村的土房子，却一日比一日，矮了下去……

十六、涟漪

时间兜兜转转，又过了三年，这一年我上了初三。

每天清早，我都早早起床，把地里的农活先干完，再回家吃早餐，然后收拾好书包，再走七里路去镇上的初中学校上学，为的是减轻父母的负担，不至于让我辍学。我的好兄弟墨贼，小学毕业后就不上学了，现在天天到处游荡，偶尔跟着大人讨海，偶尔跟他父亲吹吹喇叭。我不想过那样的生活，把能挤出的时间几乎都用在学习上，努力冲刺梦想中的重点高中。我必须走出这里，走出这块贫瘠的土地。或许，只有读书这一条路，才能让我走出这里。

只是我还是会常常记挂起一些人，一些事……

那些可爱和不可爱的人啊，他们在哪儿呢？

我会在唱一曲牧牛歌的晚上，做一个让我泪流的梦。梦里，有美丽的美姑，她是那样的纯美；有瘦弱的胡哥，那个眼神坚毅、不被生活打倒的胡哥；还有我们这群天真无邪的海娃，在芦苇林里奔跃的身影……

至于胡哥，每次梦见，我总会在一刹那间情绪震动，隐约见到胡哥回来了；有时，走过潮涌的海边，走过水草地，走过老厝旁，总感觉我们将会在某处邂逅了。可是，这些年来，他没有出现过。

该走的和不该走的，都离开了……

贫瘠的土地，长不出参天的大树。胡哥的消息，偶尔也成了人们茶余饭后讨论的话题。有人说，在广东看到胡哥了，说他被人打死了，听说他偷偷地拿走了人家公司的很多钱，准备回家过日子，可后来也不知道什么原因折回公司去，就是这时被发现的，后来被几个人活活给打死了。

我有些怆然，更多的却是麻木。我不知道我的情感为什么变得冷漠起来，也许我本不该属于这里，我应该离开，走出去，越远越好。

记得刚上小学时，第一次背上书包，父亲就语重心长地对我说：

"孩子，等你长大了，有能耐了，就不要回来。"

"不，我要回来，我想妈妈！"我哭喊着。

"孩子还小，说这些做什么呢！"妈妈在一旁苦笑道。

直到现在，我才恍惚明白父亲话里的酸楚和苦衷。

胡哥离开了，老屋还在。

有些人也许只是悄悄地来到这个世界，活着的时候给人一些纪念，走了，日子会将他慢慢遗忘的。很平淡，很平凡。

老屋是胡哥留给我们的念想。

而我，确实可能真的不属于这里。

记得有一次，父亲有事带我一起出海，回来时遇到大风，浪花翻腾，一阵又一阵扑到船上，船在海水疯乱的涌动中摇摆，几乎要翻了过去，船上的积水也越来越多了。

我坐在船头，一动也不敢动。

父亲用他的头盔不停地把船板上的水往海里舀，直到船终于快靠岸了，我才发现他满脸的汗水如同大雨般滂沱……

在要上岸的时候，我由于受了惊吓，踏在船舷的脚一软滑进了海里，整个人也就顺势掉到海水之中，我的眼前开始模糊，我发现浑浊的海水就像烈日下的苍蝇在我眼前乱窜，阳光被截成玻璃的碎片在稀糊的海水里如电脑的乱码一般，我看到无数丑恶的鱼在吐着污浊的气泡，不停地触碰着我的脸蛋。我年幼的心灵居然想到死亡，我似乎看到另外一条不同于人世的路，又似乎在做一场梦，梦里我就站在悬崖边，而后一跌而下，发出刺骨的惨叫。我发现我即将窒息，灵魂在水中晃悠，我微翕着双嘴，一种又咸又涩又带着腥味的液体滑进我的口里，一直到我的肚子里，我想吐，却又吐不出来。我感到眩晕，感觉到脆弱的生命就如同这海水一般柔软，我模糊的视线也开始漆黑，漆黑成一片黑夜……

不知道几天后我才醒过来。醒来后，我就一直在想：为什么我身边的平凡人和发生在他们身边的平凡事，会如此咸，会如此涩，会如此带着腥味呢？

也许，我种不好地，也讨不好海，我本来就不属于这里。我只有选择更发奋地学习，争取考进那所重点高中，再考上好一点的大学，只有这条路，才能改变我的命运。

"穷山出没丈八梁！[①]"

"小社团仔，读书无路用啊！[②]"

面对远庄村人的质疑，我始终坚信：只要我的父母不放弃我，我就不能放弃我自己。

我注定无法和这块土地厮守一生，不羁的心也会让我选择离去。就如同地球不会因为我的在与不在，它就不转。无关我的归属，远庄村还是一如既往的平静，

阿春依然浪里来浪里去，用自己坚强的身躯，为美姑撑起了一个完整的家。美姑总是忙忽忽的，她的三个女儿，一个个白白胖胖的，长得跟美姑一个模子里出来似的。每次看到这三个可爱的小姑娘，村里人总是摇摇头说：

"可惜啊，拢生查某啦，也许是前世造孽太多了，今世还债

[①] 闽南地方俚语，大意为：穷乡僻壤的地方，是长不出栋梁之材的。

[②] 闽南语方言，大意为：小村庄的孩子，读书是没有用的。言外之意是，哪怕书读好了，也没有关系帮衬，最后还是只能回到村里种种地、讨讨海。

来了。"

人来尘世走一遭，不就是来赎罪的吗？

还不完今世债的美姑，肚子却再次隆起来了。

此后，她总是挺着大肚子，背后跟着大女儿，背上背着小女儿，一只手还牵着二女儿，她用仅剩的一只手忙碌着一天的活，煮鱼呀，晒鱼呀，收鱼呀……她已经失去了往日的娇艳，本来红润的脸早已黑斑点点，柔韧的双手变得粗糙，忙碌的渔家生活让她有了丰收的微笑，却也宣告她那灿烂的铜铃般的笑声从此成为过去，与岁月话别。

也许，她的内心应该还残留着一点什么，只是她不愿意提起。人都是朝前走的，回忆又有什么意义呢。只是，每个夕阳映红了天的黄昏，我却常常看到她匆匆赶到海边，然后拿出在家就已经准备好的饭菜，点上香，对着遥远的大海深深地跪了下去，如同奶奶在世时跪拜神明的样子，然后不停地鞠躬，嘴里不停地祷告，那种深情、那份虔诚，隐藏着却是心里的不安和恐慌。我弄不明白她叨念着什么，难道说，她对日益富裕和美满的生活感到害怕了？

每次拜拜礼仪完毕，她把香插在沙滩上，并不急着回家，而是在沙滩上缓缓地坐了下来，她会久久地凝望着黄昏的海面发呆，凝望着天际边的晚霞发呆。海风吹着，香的烟犹如一条小白蛇左右摆动、升腾，直至消逝。空旷的海滩上，偶尔几个归家的讨海人，在海滩上印下一串串湿润的深深的脚印……

许久，夜色模糊，美姑匆匆收拾好东西，踏着夜色悄悄离去。

时间嘀嗒嘀嗒地走着。

不久，一件突如其来的事情，让宁静的远庄村泛起阵阵涟漪。

那是一个周末的午后，处理完繁杂学业的我，为了让沉重的脑壳歇息会儿，便放下书本，沿着家门口的乡间小路，漫无目的地走着，一会儿研究路边的野草，一会儿观察老墙边的苔绿。没承想，走着走着，我居然又走到了胡哥家的矮房子前。

抬眼的一瞬间，我惊呆了！

远庄

一辆白色的小轿车停靠在胡哥家的矮墙边,车前面,两个大大的"V"手拉着手,显得特别亮眼。那个年代,莫说是真实的小轿车,整个镇上都难以寻觅,更何况这个全村只有两台黑白电视机的远庄村了。

白天的远庄村,天刚蒙蒙亮,大人们该讨海的讨海去了,该下地的下地去了,村里几乎没什么人,显得极其安静。而这个到处牛羊拉屎、鱼腥飘散、房子矮旧的远庄村,任是哪一户人家,怕是几代人的积蓄都拿出来,也买不起这一辆汽车吧?难道村里来了什么大人物?

我正惊讶间,胡哥家的大门忽然"依歪"一声开了,胡哥走了出来,只见他笔挺的西装上,早已沾满了带着霉味的灰尘,梳得棱角分明的头发上,几丝蜘蛛网不失违和地点缀在上面。见到我,胡哥笑了笑,本想用手拍身上的灰尘,但他很快发现手上已经覆盖了一层灰,便两手拍了几下,飞起的灰尘如烟雾缭绕,他连忙躲开,走到我面前,说:

"鲲仔,好多年没见了,你都长成小大人了!"

"胡哥?"我有些不敢相信,眼前的这个人,真的是消失了那么多年的胡哥吗?

"是我呀!太多年没回来,我以为这老房子早倒了,没想土房还这么顽强!里面太脏了,太脏了,你看,我刚走进去,就落了一身灰。走,跟我去大井提点水,我擦拭擦拭!"

胡哥不等我反应过来,就朝村里的大井走去。

只是,刚没几步,胡哥就站住了。

恰在此时,美姑带着三个女儿,挺着大肚子从对面徐徐走来。在离我们约莫十米远的地方,她瞬间立住。这突然的停顿,身后走路的大女儿没刹住脚,便直接撞到美姑背上,把沉睡的小女儿撞醒了,咿呀哭了起来;大女儿可能撞疼了,又怕被责骂,跟着哭了起来。二女儿可能因为美姑忽然的情绪波动,被拉疼了,也哭了起来。一瞬间,三重唱在午后的远庄村奏响……

十六、涟漪

美姑没有说话,只是静静地站着,岁月的沧桑写在脸上,纵有万语千言潮涌,她应是无从说起。也许是觉察到母亲的异样,三个女孩的哭声很快停了,她们用诧异的目光,先看看母亲,再看看前方的胡哥和我。而我们,也是静静站着,许久许久,谁也没有开口,就这样样默默地站着。

许久许久。

"美姑!"

一声撕裂的声音打破了平静。

我知道那可能是胡哥最后的一声呼喊,我听出声音里的凄凉、苦楚、绝望,也听出声音里的惨痛、无奈、怜悯,我心如刀绞般。

继而,一阵细微的呜咽声传来,片刻之后,又骤然消失。

许久许久。

美姑忽然拉起二女儿的手,匆匆从我们身边走过。虽然走得有些艰难,但她还是加快了脚步,即使在擦肩之后,她也没有回头。

也许明天还是一样的天,什么也没有改变。每个人都有自己的路要走。或许,我们只是在某个转角,为彼此稍做停留,但那也只是暂时的,最终,我们都得沿着自己的路,向着不同的方向走去。

胡哥没有继续朝村里大井的方向走,而是转身返回老宅。此时,小轿车早已被围得水泄不通,爱看热闹的村民们叽叽喳喳赞美着、探讨着。还没等村民们研究够呢,就见那个穿着脏西装的瘦弱男人,拨开人群,径直走向小轿车,打开车门,一声"哒哒哒"启动,然后车子就沿着凹凸不平的小路,颠簸地朝村口的柏油路驶去,逐渐消失在人们的视线中。

"是胡哥?"

"是胡哥!"

远庄村沸腾了。

小轿车就如同是一滴水珠落在湖面上,平静的湖面瞬间泛开一层又一层的涟漪。

十七、闹热

　　海浪疯狂地拍打着岸边的礁石,激起了水帘般的浪花,在阳光下耀眼地闪烁着,晶莹而剔透,潮水冲到离沙滩很远很远的地方,在潮水退下后,一片狼藉,树枝、死鱼、贝壳,几只海鸟在沙滩上飞跑,有几只在空中叫,还有几只倏地钻进海里寻找着猎物……

　　这一天晌午,远庄村注定不平静。

　　那辆有着两个"V"手拉着手的小轿车,又朝着远庄村缓缓开了过来。所有人的心里惶惶的,热热的,他们如同迎接领导般,不约而同地围在胡哥家门口,赞美着,讨论着。小轿车颠簸地驶来,人们的心也跟着颠簸起来,直到小轿车终于在胡哥家门口停住,人们忐忑的心头才平复了下来。

　　西装革履的胡哥从车里走了出来。车外,阳光灿烂地照耀着,人们的笑容,似一朵朵向日葵迎着暖阳绽放。

　　"胡哥,你回来了?"

　　"胡哥,你这次不走了吧?"

　　"胡哥,你这次发财了?"

　　人们正问话间,远处,美姑家的两个小女孩却不合时宜地唱和起来:

十七、闹热

> 人插花，
> 你插草；
> 人抱婴，
> 你抱狗；
> 人睡新眠床，
> 你睡破畚斗！①

人群中的美姑的爸赶紧冲了上去，把两娃连拉带拽地带回家去了。

"大家都在啊，那就坐下来聊聊了。"胡哥一改往常，操起一口带着经过闽南和潮汕洗礼过的普通话，"我这次回来，就不走了，以后家里的事就多劳烦大家了。"说完，他推开老厝破门，随着门"依歪"一声响，霉气扑门而出，几处阳光射线里，飞扬的灰尘立刻形成一条条柱子。

如此久无人居的破厝，我以为人们会摇摇头摆摆手离去。没想到，一位热心的妇女站了出来：

"旧厝有味，还是得整理一下。"

于是，有的负责开窗打扫，有的负责去大井打水，有的负责漂洗擦拭，有的负责生火烧水。远庄人永远都是乐于助人的，不一会儿工夫，这个近十年无人居住的破厝，虽然外表依然破败不堪，但里面瞬间就干净整洁井井有条起来。

于是，在打扫干净的院子里，摆上了桌子椅子，摆上了洗干净茶盘茶具，把生完火的木炭放进烘炉，再放上烧水壶。又一会儿，啾啾的声音响起，水开了，浓浓的茶泡了起来，话匣子打开了：

"胡哥，你这次回来也没带某子啊？"

---

① 闽南语童谣。童谣描绘了一贫一富两类人的生活差异，同时也是贫苦人民的自嘲。

"唉，这几年我都在漂泊，哪有空娶某生子啊！"

"胡哥，你这么多年没回来，是去哪儿发财了？"

"我刚去广东的时候，也是打工。头几年勤勤俭俭，有了一点积蓄就想着自己当老板，没想到被生意伙伴给骗了，导致工厂倒闭，欠了工人很多钱……那几年，我连活下去的勇气都没有。后来，几个曾经合作的客户收留了我，我慢慢积累，又建了工厂，还了债，生意也一年比一年好了……"

胡哥用糅合了两地方言的普通话述说着，尽管有些晦涩难懂，人们也听得津津有味，而且好像都听懂了。

"胡哥，那什么时候带我们也一起去发财啊！"

"我刚才都说了，我这次回来，就不走了，我已经把广东那边的工厂给卖了。"

"哒，为什么要卖呢，真可惜！"

"不会不会，我的根在这里啊，我已经跟镇领导谈妥了，准备在后江那边建一个沙场，然后再建鲍鱼养殖场……"

胡哥客气地泡着茶，客气地说着话。旁边的人静静地看着他。在这个霉气还没完全消弭的旧厝旁，每隔一会儿，就有一拨人挤了过来，把这个本就破旧的老厝，挤得快要窒息了。可人们还是兴致昂扬，从晌午一直到夜色暗淡，旧厝热闹得已经挤不下半只蚂蚁了，可人们还是络绎不绝地挤了过来，话题也逐渐延展开了。

"这几年，在外面辛苦啊！家乡还真发生了不少变化啊！"

"是呀是呀，日子都好过了，林二都结婚盖新厝了！"

"哦，我知道这事。我离开的时候，林二还到处浪荡呢！"

"是啊是啊，特别是美姑，自从有了阿春，日子一天比一天好，还生了三个囝儿……"

也不知道是谁插上这么一句话，现场的气氛尴尬了起来。

这时便没有人说话了，空气凝固了许久。

"花伯在吗？"

胡哥的忽然问话，打破了现场的沉静。

十七、闹热

人群骚动了一会儿,终于见到了花伯村主任躲在某处墙角,人老的他应该是挤不进来,也只能好奇地躲在旁边竖着耳朵听着胡哥的传奇。但人们把目光注视他的那一刻,他还以为自己做错了什么事,连忙起身准备要离开。

"花伯村主任,你干吗走呀,胡哥找你呢!"

"我一个老头,找我做啥。我走了!"花伯颤颤巍巍。

"花伯村主任,是我找您呢!"胡哥连忙站起身,走到花伯面前,"我打算把这个老厝推倒,盖一座小洋楼。这几天,镇领导还帮我找了设计师,你看,连设计图纸都设计好了,花伯,你能不能帮我找个工程队,我想明天就动工。"

"你跟我说白话①就好,你讲一大串,我是听无半句半字!"

胡哥怔了一下,连忙转口用蹩脚的闽南话又说了一遍。

"没问题啦,我们村就好几个工程队了,我等下就跟他们落实,我免费帮你监工。对了,旧厝推倒了,那你住哪儿?"花伯有些疑惑。

"这几天,我跟镇领导协商后江开发的事,都是我们大村的村主任陪同。我也是后来才知道,原来他是林二的岳父啊!他跟我说,我回村的这段日子,让我先住林二家,说台湾叔公原来住的那间房空着呢!"

"哦,是这样啊!"花伯迟疑了一下,没有再说话。

"那大家都回去吃晚饭了,等花伯落实好工程队,记得来帮忙啊!"胡哥委婉地下了逐客令,可能因为茶喝多了,话说多了,能量也消耗太多了,他略显疲惫。

大伙也自觉而又不舍地散了。

最后只剩花伯一个人。

"去我家吃点便饭吧,这么晚了,我想你也没地方吃饭。我家

---

① 白话,指闽南话。

远庄

就两口人,你要没相嫌,就加一副碗筷而已。"花伯担心胡哥子然一身饿肚子,就好意劝道。

"我还真饿不着,林二的岳父,早交代她女儿做了一桌好菜了!我刚好路不熟,你带我去!"

"林二家可去不得,要去你自己去,我就回家陪老某了!"

"就去吃个饭,你是不是想多了,况且我路也不熟啊!"

"全村就村口那一户新房子,你认不得?"

"大村主任也来了!你去坐坐又何妨?"

"那我更去不得了!"花伯说完,头也不回就走了。

第二天,胡哥家的旧厝果然一下子就被夷为平地,起厝的程序,以肉眼可见的速度紧锣密鼓地推进下去。

眼见它起地基,眼见它砌墙角,眼见它盖屋顶,眼见它就盖了三层。不到半年时间,胡哥家的小洋楼就开始装修了,而且后江的沙场也开始建设起来了,原本延伸到后江海边木麻黄林,也因为沙场建设的需要,以某一条线为基准,其余的全部砍除了。

最有趣的是,洪菜头家从小歹子浪荡的独生子,眼见胡哥家的小洋楼快盖完了,他为了成为全村第一户盖楼房的人,也跟胡哥玩起了竞赛。他把老厝给拆了,然后加急马力盖到第二层,可能因为资金本来就来路不明,到第二层封顶的时候,因为欠了工人太多工资,愣是没人愿意给他的新房封顶。这座没盖成的楼,从此成了秃房,而这段盖楼的竞赛,从此成为远庄村人的笑谈:

"不成楼,成秃仔了[①]!"

这件事有趣归有趣,在这放个屁整个村都在响的远庄村,胡哥的回来,的确带来许多有趣的事,同时也带来更多的新闻。就比

[①] 闽南语方言中,"楼"与"秃"的发音虽然不同,但都有同一个意思,就是骗子的意思。当然,"楼"的意思更似骗子,"秃"的意思则倾向于爱占小便宜。

如，长期住在林二家的胡哥，与林二那个很"痟"①的老婆，就传出了很多很多让人听了都感到害羞的事。

我搞不明白，那个曾经好吃懒做但也性格刚烈的林二到底去哪儿了，他不是曾经为了起新厝和亲兄弟动了刀？

还有，那个曾经让我同情、又充满钦佩的胡哥，他曾经不惧贫穷，他曾经不惧嘲笑，他曾经不惧恐惧，充满勇气地走出远庄村，也如愿打下了雄厚的基业，但他为何要回来呢？难道是他割舍不了对这块土地的眷念？

偶尔，我们会在某处墙角相遇。可是，他的脚步开始变得匆匆，他的眼神也逐渐漂移，有时我用如炬的目光凝视他，他也是躲闪一下，就匆匆从我身边走过。我忽然觉得，这个眼前熟悉的人，已经开始陌生了。

好比我曾经心心念的美姑。

"美姑，等我长大了，我要娶你！"

童年的稚语还在耳畔回响。

可岁月还是沧桑了她的脸颊，沧桑了她的容颜。每次与美姑相遇，我总会停下来，期待她能够弯下腰，摸一下我的脸，或者再说一句"这孩子，真可爱"，或者再发出几声铜铃般的笑声。可是，她再也没有抱过我，再也没有摸过我，哪怕每次相遇，我都久久地矗立在路边，甚至只为期待她为我停留片刻，但她总是匆匆地从我旁边走过，一句话也不说。

这个世界变化太快，我抵挡不了，就如同我抵挡不了奔腾的海水。

这奔腾的水啊，除了滔滔向东流逝，还是向东滔滔流逝……

---

① 痟，闽南语方言，表示女性不够矜持，常用"起痟""痟查某"等来责骂。

十八、死生

胡哥家的三层小洋楼很快就建成了。小洋楼的外观融合了闽南传统的红砖燕尾,室内又采用西洋厅房布局,再搭配上略显高贵的软装摆饰,这座雍容华贵又不失闽南传统的小洋楼,成了十里八乡最耀眼的楼房,常有外村人专程赶来,只图一饱眼福。

几个月后,胡哥择一吉日乔迁新厝,院子里办了十几桌[①]以大宴宾客。巷子里,鞭炮绕新厝整整三圈。吉时选在那一日酉时,待吉时一到,胡哥在族里老人的指导下,举行了隆重的闽南传统乔迁仪式。仪式完毕后,鞭炮齐响,历时半小时,炮声的震撼程度,远超美姑结婚的那一晚。

炮声停歇,八仙桌上早已摆上荤素搭配讲究的丰盛的晚宴。闽南谚曰:"天顶天地公,地下母舅公。"意思是说,天上天地公最

[①] 闽南人家的喜宴,宴请方叫"办桌",赴宴的叫"坐桌",来赴宴就叫来"吃桌"。"坐桌"是有讲究的,一般只有成年男子才"上桌",且一户人家也只有一位代表。因此,办十几桌就代表宴请了百来户的亲朋好友,这对只有百来户人家的远庄村来说,算是有史以来宴请人数最多的一次。

十八、死生

大,地上母舅公①最大。在闽南地区,新婚乔迁大喜宴的当天,母舅公的地位是毋庸置疑的,主桌最尊贵的位置必须留给母舅公,母舅公不到不得开席,母舅公不动筷动鸡头,其他人则不得开食。可是,胡哥的母亲早逝,在胡老头又疯又傻又带娃的日子里,娘家也不相往来断了联系。因此,没有母舅公坐镇的宴席,众宾客也只是面面相觑不敢上桌。

踌躇间,只见大村主任带着一众衣装笔挺的男子走了进来,看前头那人走路的阵势,俨然不是一般的人物。

众人纷纷猜测。

只见胡哥快步向前,一把握住走前头那人的手,满脸堆笑道:

"镇长大人百忙中抽空前来,怎么不提前吩咐,我前去接您啊!"

"我来,也是来沾沾喜气。今天是你大喜的日子,也够忙的,就不用管我们。"来人客套了几句,连忙贺道,"祝贺祝贺!乔迁大吉!"

"太感谢了!太感谢了!"胡哥躬身致谢,转头对大村主任说,"大村主任,您帮我招呼招呼,就主桌坐下,众人可都等着入席呢。"

"你小子真有福气啊,还能把镇长请来!"大村主任戏谑道。

"那还不是大村主任替我吹风②!"胡哥知道大村主任的拐弯抹角,只是为了表达自己背后付出的努力,便也给大村主任鞠了个躬,继续说道,"等下我单罚三杯,以表达我的谢意。"

"谢意就免了!以后好好照顾……"大村主任话到嘴边,忽然就尴尬地笑了,"不说了,不说了,都自己人,都自己人!"说完,便招呼几位领导在主桌落席。

---

① 母舅公,指宴请人家男方母亲的兄弟。
② 吹风,闽南语方言,指吹牛,这里有替对方美言之意。

胡哥连忙招呼众宾客也落席，等众人都坐定后，他便返回主桌，把落座在镇长对面的人往前挪了位，又见桌上少了一席，便说道："主桌可不能空席啊，镇长大人，我自作主张，把我们村德高望重的花伯请来坐这里，如何啊？"

"胡兄弟，你这说的什么话呀！今天是你的主场，你自己安排就好！赶紧请去吧！"

于是胡哥转身，把花伯连拉带拽请到主桌，然后站在镇长对面的座位旁，倒了满满的一大杯白酒，先对主桌上的人鞠了躬，转身又对众人鞠了躬，大声说道：

"首先，我感谢所有亲朋好友，你们不嫌弃，抽空前来参加我胡哥的乔迁宴；其次，我从小不知道舅舅是谁，今天，就委屈我们镇长大人，权当是我的舅舅，你把鸡头动一下，我们就开席了！"

胡哥刚说完，全场就附和起来。

镇长推让几次，拗不过众人的劝，满是兴致地说道："这舅舅我可当不得！胡哥是我兄弟，既然大家等着开席，这次我就先动筷了！"说完，便拿起筷子，夹起鸡头翻了一下，然后高声喊道，"祥云绕吉宅家承旺世添福禄，瑞蔼盈芳庭人值华年增寿康。新家好生活，真心老兄弟——祝贺乔迁大吉！开宴了！"

话音刚落，鞭炮声再次响起，宴席也随即觥筹交错起来，不一会，十几桌宴席便如十几朵烟花盛放，好不喜庆！

酒未三巡，来赴宴的阿春就被大女儿叫了回去。他匆匆离开的身影，很快就被淹没在众人的觥筹交错中。可如此盛大的宴席，有谁会在意一个人的离去？更何况，此时，一个端着酒杯的花枝招展的女人，把喜庆的宴席推向了高潮！

她妖娆地向主桌走去，身后，繁花落了一地。

"镇长大人，我也敬您一杯！"

杯子相撞，发出刺耳的心碎的声音。

众人窃窃私语。

"这查某人，按怎不认分，怎敢上桌吃酒来？"

十八、死生

"这个查某足猵①的，不过确实正点啊！"

"这不是林二的老婆？"众人窃笑起来。

"林二确实没冻用，自己的某管未条②！"

"我看不是没冻用，是没烂猴③。"

众人哄笑起来。

说时迟，那时快，一个闪电般的身影穿越而过，直逼主桌，随着一声女人的尖叫，一把亮闪闪的菜刀已经刺入女人的身体。主桌的领导吓得连连散开，只有大村主任大步向前抱住林二，众人错愕了数秒才反应过来，连忙一哄而上按住了林二，夺下了他手中带血的菜刀。

女人倒地，飘洒一地的血，像一朵朵凋零的花瓣。

"叫救护车啊！叫救护车啊！"

宴席乱作一团。

同时乱作一团的，还有阿春家。

那一晚，除了胡哥的新厝热闹嘈杂，外面倒是显得稀稀拉拉的，晚霞稀稀拉拉的，天边的云朵稀稀拉拉的，鸟叫声也稀稀拉拉的，就连远处的海浪声也稀稀拉拉的。

阿春跟着大女儿赶到家里的时候，美姑痛苦而断续的呻吟声，早已刺破了稀拉的远庄村。此时，美姑躺在床上，双手紧紧抓着被染红的被单，豆大的汗水从她的额头冒出，顺着她那拧皱的脸颊一滴接着一滴坠下。几位妇女束手无策地围在床旁，面对美姑那一声

---

① 足猵，闽南语方言，表示很风骚。闽南语方言中，喜欢用"足"来表达强调的意思，比如说非常美说成"足水"，非常多说成"足多"，等等。

② 管未条，闽南语方言，指管不住。

③ 没烂猴，闽南语方言，本意指不中用的人，这里一语双关，表达林二在某方面满足不了自己的女人。烂，闽南语中指男性生殖器。

比一声凄厉的号叫，使不上劲的妇女们，只能任凭泪水一个劲地流淌。

那号叫，声声撕扯着阿春的心。他冲上前去，拉住美姑的手，大声哭喊：

"叫救护车啊！叫救护车啊！"

房间里乱作一团。

一会儿，救护车的笛声悠长地响起，由远而近，由模糊到清脆；不一会儿，远处的笛声再次传来，由模糊到清脆，由远而近，与前面的笛声构成二重唱，悠扬而绵长。没多久，二重唱完全融合，响彻了远庄村的夜空。

人们循声跑到村口，只见两辆一模一样的救护车一左一右停在村口。

一会儿，大村主任背着满身是血的女儿踉跄地奔了过来；不一会儿，阿春背着满身是血的美姑匆匆地奔了过来。他们俩一样匆忙，一样慌张，一样被泪水迷失了双眼，辨别不出哪辆车是救死的，哪辆车是生娃的，直到大村主任盲目地钻入其中一辆，阿春也顺势进了另一辆，然后，关好门的救护车随即向镇医院飞驰而去……

许多人还没完全弄明白发生了什么事，救护车声才刚刚飘远，警笛声却从远处的木麻黄深处泛起，越来越急促，越来越尖锐，直向远庄村奔袭而来。不多久，三辆警车，便在人群还没消散的村口停了下来。从警车下来十几位警察，他们匆匆奔向村里，随后就押着林二上了警车。

"阿爸！阿爸！"

是小管绝望的呼叫，把夜幕拉下的无边的夜撕碎了，把围观人的眼泪催下了。要不是挂着拐杖的王老奶奶及时赶来，把小管连拉带拽扯了回去，这个呼喊得声嘶力竭的小屁孩，可能就追着奔驰的警车跑了起来。

警车飞驰而去，消失在人们迷惑的视野中。

十八、死生

吃人的夜越来越黑了，一切的人与物，都被吞噬了。

镇医院里灯火通明，照得一方明亮。

医院的走廊里，大村主任坐在走廊的这边，阿春坐在那边①，他们似乎忘却了彼此的存在，只是因为等待生的希望，让他们在这一刻都显得极其焦躁与不安。

一位护士匆匆走了过来，两个男人倏地一起站起来。

"我们尽力了，失血过多，没救了！"护士冷冷地说道。

阿春顿时失声，鼻涕眼泪混在一起，站在一旁的大村主任愣住了，他停顿了好久，才反应过来，眼泪也终于决了堤似的涌了下来。

正待两个男人悲伤逆流成河时，又一位护士匆匆走了过来，高声喊道：

"谁是美姑的家属？"

阿春怔了一下，连忙擦拭眼泪，回应道：

"我是！"

"你某生了，生查埔啦！"

"查埔？"阿春简直不敢相信自己的耳朵。

"是啊，羊水提前破了。再晚来点大人孩子都有生命危险，这次好势②啦，母子平安，只是恁某失血过多，还需要住院观察一下。你赶紧进去看看孩子吧！"护士说完，自顾走了。

阿春哇的一声，如同一个孩子，号啕大哭起来，他激动地哭了，兴奋地哭了，释怀地哭了。这哭声把站在一旁哽咽的大村主任的情绪带动起来，大村主任随即也一把鼻涕一把泪地哭了起来。

---

① 记得我小的时候，镇医院设在一座单层的平房里，中间是一条长长的走廊，走廊的两边是各个科室，每个科室的门口都有长长的凳子，供病人的家属等待时就座。

② 好势，闽南语方言，表示都处理好了。

两个男人的哭声，构成了悠扬而绵长的二重唱，后来，二重唱完全融合，回响在整个镇医院的长长的走廊里。

此后，远庄村也不平静。

在我幼年的记忆里，我依稀还能想起，林二老婆出山①后，可怜的小管就跟着林大一家生活。没多久的一天黄昏，林大照例在屋前的院子里悠闲地吹着喇叭，墨贼和小管在巷子里疯狂地追逐着，屋内的大脚婆平仄有致地絮念着，忽然，就听得大脚婆一声惨叫：

"老阿祖②断气了！"

这惨叫并没有带来多大的动静，此时的远庄村稀稀拉拉的，晚霞稀稀拉拉的，天边的云朵稀稀拉拉的，鸟叫声也稀稀拉拉的，就连远处的海浪声也稀稀拉拉的。最主要的是，林大的喇叭依然悠闲地"嘀嗒嘀嘀嗒"，墨贼和小管依然在巷子里，疯狂地追逐着……

又过了几天，王老奶奶也出山了。

王老奶奶出山的那天，阿春和美姑回村来了，抱着一个胖胖的小子回来了，听说叫"天旭"，据说是阿春专程请教了洪菜头，洪菜头翻破几卷书才想出来的雅名，出自东晋著名文学家陶渊明的"欢来苦夕短，已复至天旭"。总之，闽南语读起来挺拗口的，且闽南语谐音好似"天大的委屈"，也很是不雅。

从此后，胡哥再没有回村里的小洋楼。

据说，他都住在后江的沙场。

据说，沙场的规模日益扩大，胡哥赚了很多很多的钱，但小洋楼却渐渐长草了。

---

① 出山，闽南语方言，指出殡。

② 阿祖，闽南地区对曾祖父母的称谓，而当父母的人，称呼自己长辈时，一般是顺着孩子的称呼。

十九、海龟

这是一个周末的清晨,鸟儿叽叽喳喳地叫着早,而老林清脆的锣声,早已穿透了生机勃勃的晨,打破了远庄村的静谧。

"重要代志!赶紧来庙埕集合啦!"

老林一边打锣,一边扯着喉咙喊。

我一骨碌从床上爬起来,就往庙埕奔。我刚跑到庙埕,只见宽阔的庙埕早已站满了人,人们沸沸扬扬的,谈笑着,议论着,疑惑着。

"老林已经很久没打锣啦,究竟发生什么代志?"

"是啊,我准备出门去田里干活,就听到老林的锣声,便赶紧跑过来!"

"不知影[①],我看是有什么新鲜事了,不然闹这么大的动静?"

人们议论纷纷之际,只见父亲和村里的几位壮力青年,合力扛着一只大海龟,正步履沉重地向戏台下走去,直扛到庙埕正中间的位置,几个人才吃力地将海龟缓缓放下,然后松开绳索,又合力把海龟翻过身来,让其壳在地上,四脚朝天。大海龟受到惊吓,把

---

① 知影,闽南语方言,表示知道。

头、脚、尾巴都缩进龟壳里,动作显得非常滑稽。

人群兴奋起来了:

"哇,这么大的一只缩头海龟?"

"我长这么大,还头一次见这么大的海龟!"

此时,晨晖从天边斜射而下,给木麻黄林、竹林、溪流、田园、老厝、妈祖庙、戏台及庙埕里看热闹的人们,都撒上了淡淡的红光。远处,依旧可以清晰地听到海浪的声音,海风轻轻地吹着,吹得庙埕旁的木麻黄轻轻地摇摆,整个远庄村是那么宁静,那么安详。

"大伙看到了吧!今天啊,我们的大网刚放完,正拉着网纲准备上岸,你们猜,怎么咋?沉重重的,我们以为网到大鱼群了,于是使劲划桨上岸收网,收完网一看,哈哈,网兜里一条大鱼也没有,就只有这么一只大王八!"

阿春站上戏台,亮开大嗓门,一边喊着,一边哈哈地笑。

大伙听了,也跟着哈哈笑了起来。

我努力扒开人群往前钻去,只见这只三四米长的大海龟,见身边的人走远了,正试探地伸出三角形的脑袋,那脑袋犹如大蟒蛇的头,晨晖不偏不倚地射了过来,照得海龟头呈现几圈红晕,犹如电视机里播映的神仙下凡画面。再细细端详,海龟的龟壳和腹部呈淡青色的,四只脚如同船桨一般,脚尖还有四个尖尖的爪子,尾巴又粗又细又尖,犹如拱圆屋顶的厚重的龟壳,犹如由十几个六边形组成的厚厚的盔甲,披挂在这位英勇的将领身上。

如此骁勇的将领,许是迷失了方向,才落得如今被五花大绑捆着的战俘模样?

也许是众人的笑声太过奔放,把原来已经放下警惕的大海龟吓到了,它迅即又将头、脚、尾巴缩进了龟壳里。或许,在它的世界里,只要缩起自己的头,不去理睬外面嘈杂的世界,就可以摆脱尘世的烦扰,可是,那何尝不是一场自欺欺人的掩耳盗铃!人世,又何尝不是如此呢?

十九、海龟

海龟迅即的缩头动作,把围观的人群再次逗乐了。

"阿春,今早叫唤大家来,是有什么打算?"人群里开始有人发问。

"哈哈,我听说啊,这个海龟汤,不但可口,又补身体,我正有意宰了它,煮大大的一锅海龟汤分给大伙品尝……"

"那大伙许是都有口福了!"众人也兴奋地附和起来。

"使不得!使不得啊!"

在人群情绪高涨之际,花伯一声大喊,把众人给愣住了。众人诧异间,只见花伯拄着拐杖,颤巍巍地走上戏台。

前些日子,花伯的女儿回村来了,据说是回来避险的,结婚好些年了,也没有生下一儿半女,婆家人都骂她是"不能下蛋的鸡母",骂她是"被糟践的破布",更糟的是三天两头的家暴,已经把她快逼傻了。以前,每次女儿回来,花伯夫妇总劝她尽早回去,说什么嫁狗随狗,要怨叹就怨叹命运!可这次不一样了,女儿拖着伤痕累累的身体,泪眼婆娑地对老人说:"父母再老,有父母在的家,才是避风港!"所以,这次花伯夫妇下定决心了,既然女儿过得这么累,就不让她回去了,他们再老再辛苦,多一张嘴也是供得起的,能供一天是一天了。经历了这些事,老人家便一夜沧桑了下去,脸上的皱纹也深了下去,走路也不自然了。

走上台的花伯,双手颤抖,嘴唇翕张了几次,才微弱而苍白地发出乞求:

"放了它吧,海龟是我们的保护神!"

"你们瞧那缩头的样,那王八要是神,那我们就是仙啦!"

对于花伯的乞求,众人疑惑难解。对于世代靠捕鱼为生的远庄村村民来说,谁家没抓过龟鳖鱼虾的,还不是炖蒸煎煮吃了。只不过,今天阿春他们捕到的海龟,比他们平日里见到的大了些,那些小一些的龟鳖,他们平时可没少煮着吃了。

"我就不信那个邪!"阿春笑着说,口气中带着强硬。

"阿春啊,这一只海龟可不一样啊!你就放了它吧……"花伯继续说道，"我小的时候，常听老人说，我们的祖先来到这块土地，因为这里有丰富的渔业资源，所以定居了下来。有一次，我们的祖先在捕鱼中遇到了大风，船都翻了，结果是一群海龟将他们一个个送到了岸边，才挽救了他们的生命。我们海边人是知恩图报的！从此，祖先们就把大海龟当成保护神，发誓不再捕抓大海龟，如果无意捕到了，还得备上隆重的祭礼，祭拜神明，再把它放了，并祈求大海龟带给我们世世代代的平安，带给我们丰富的渔利。大伙啊，我们应该准备祭礼，而不是想着把它杀了，这是会遭报应的！"

"花伯，你是不是老糊涂了，上次我家的王八炖鸡汤，你还吃得津津有味呢！"

"这一只真的不一样啊，这只是有道行的！"

"什么道行，我看都一样，如果这大海龟是保护神，那海龙王呢？以后我们是不是都不要捕鱼了，省得惹怒海龙王，把我们抓去喂水族鱼虾？"

众人更加不屑。

此时，阿春的嘴角露出几丝微笑，他抬起头，对着众人问道：

"大伙，你们说，放了好吗？"

"不放！"

"不放！"

"不能放！"

"阿春，你还是放了它吧，它会给我们带来好运的，阿春！"

"我阿春就不信这个邪！"

"这样会遭报应的，会遭报应的！"

"我阿春就不信邪！"阿春大喊一声，这一声石破天惊，喊出了他的不服！喊出他的抗争！

所有人沉默了。

花伯颤颤栗栗的，嘴角不停地唠叨着一些模糊的字眼，谁也听不清楚，然后他又拄着拐杖，一跛一跛地走下戏台，消失在人群中。

　　太阳已经爬上竿头了，正灿烂地照耀大地，也照耀在那只海龟怯怯伸出来的头上，红晕早已消逝，我看到的海龟两眼迷离，眼里滑出两条泪痕，潮湿而又让人怜悯，也许它已经知道了将要发生什么。我感到了内心的剧烈震撼，我很想用我最微薄的力量，去保护它的生命，可是我不能，因为我太弱小，我连自己都保护不了，谈何保护其他，就如同我保护不了美姑一样。世间的很多事情，确实是早已经注定的，任何人都改变不了的，也不要轻易就想改变。

　　我的泪如雨下，我伸手想去摸摸那个哭泣的龟头，以抚慰它即将遭受的不幸，可在我伸手的一刹那，大海龟又迅即把头缩进了龟壳里，以逃避这个嘈杂的世界！

　　我想，它应该是认命了！

　　"有谁一起帮忙的？"这是阿春在台上的召唤！

　　"我来！"

　　"我来！"

　　"我来！"

　　声音从震撼到弱小，是因为我逐渐走远了，我带着两眼的泪花，一步一步离开了庙埕。

　　据说，那一天中午，太阳火辣辣的，就在熠熠的阳光下，阿春手起刀落，鲜红的血流淌了一地，众人也围了上去，没多久工夫，就把这只大海龟肢解成一小块一小块的。我没有亲历那个场面，但我料想一定特别悲壮！

　　后来，庙埕中间架起一口大锅。海龟连壳带肉的，都被扔进锅里，阿春还特地杀了几只鸡放进去一起煮。而那一天下午，乡亲们还自行把桌椅搬到庙埕，东家的大蒜炒三层肉，西家的西红柿炒蛋，南家的红烧大鲈鱼，北家的葱花爆猪肝，悉数从各家里端了过来，一家一户直摆了十几桌，场面远远超过了胡哥乔迁当日之盛况。

　　我们一家人没有去。父亲说，他信花伯的话，大海龟通神，不能得罪。我是于心不忍，脑海里一直浮现的是海龟的眼泪。

据说，有好几户人家是没有去的，比如花伯是气得直咬牙，但他女儿却偷偷跑去喝了好几碗海龟汤。

傍晚时分，阿春带着几个小伙挨家挨户分龟甲。他统计了全村十六岁以下男孩的数量，把龟壳鬼趾等龟甲，切割成一小块一小块的，每个未成年的男生都能分一块。到我家的时候，阿春大声喊：

"兴叔，兴叔，我听说，大海龟通神，这龟甲给孩子戴脖子上，可以保孩子健康平安！"

"你都知道大海龟通神，怎么敢下手？"父亲低声言语，顺手把龟甲也接了过来。

"唉！我才不信那个邪！"阿春似乎听到了父亲的言语，连忙摆手回应，见父亲有些怆然，他连忙说道，"兴叔，你看乡亲们那么欢喜，一大锅汤喝得一滴不剩。这次抓着大海龟，我们大网的十八人都有功劳，你是出力的有，喝汤的无！"

"我有咸菜菜脯吃就很欢喜啦！"

"好了，好了，也不听兴叔理论了。我还要把龟甲分给下一家呢，有福同享嘛，我先走了！"

阿春笑笑说完，转身就走了。

第二天一大早，我刚起身，就见母亲已经买来红绳，用螺丝刀把龟甲穿了一个洞，再用红绳串起来，然后挂在我脖子上，并严肃地对我叮嘱：

"这可是保平安的，别取下来给丢掉了。"

我心想，你们都把人家大海龟杀了煮了吃了，怎么还要人家给你保平安呢？但我不敢顶嘴，想着马上要中考了，我连忙把龟甲握在掌心，合掌，闭眼，虔诚祈祷，似乎这个带血的东西，能听见我的心声，也能遂了我的愿！

从此，我就把它戴在脖子上。

从此，龟甲和我融为一体，连洗澡时，我都没有摘下来过。

二十、土沙

遗憾的是，自乔迁那日出了事后，胡哥就再也没有回村子了，可惜了那新盖的小洋楼，人都还没入住，就已经野草漫长了。

然而，尽管没回村里，但胡哥在后江沙场的生意却一日比一日红火。原先，从木麻黄林地再往大海这一片一望无垠的土沙地，经由父辈们挖壳仔丁、挖壳仔窟筛贝壳后，早已到处坑坑洼洼的，一会儿是高高的沙丘，一会儿是深深的水坑，让前往后江捕鱼的人们走路都非常费劲。细沙柔软似泥，遇沙丘爬上爬下时腿常常陷了入沙中，再使劲拔出，身体一踉跄，就有可能一下子摔进旁边的水坑里。若是扛着重物，或是渔利丰收要挑回家时，那对负重前行的人来说，就更是苦不堪言了。

对远庄村的人们来说，那风起飞沙，更是几代人躲不过的祸。还记得那《土沙耶耶飞》的童谣就这么唱：

> 风吹，风吹，
> 土沙耶耶飞。
> 讨海人，惊啥会？
> 没柴烧竹纸，
> 没米煮火炭。
> 有海讨，

远 庄

    鱼仔虾仔吃甲呀。
    没海讨,
     趁采吃粥搅土沙……

  奶奶在世时常常慨叹:
  "这些白茫茫的土沙,要是能变成米,我们就不用过苦日子了!"
  奶奶直到去世,也没见到这些土沙能变成米。
  但自胡哥的沙场运作起来后,几十台筛沙机夜以继日地运转着,很快就把后江那片坑坑洼洼的土沙地筛得平平整整的,这让前去后江捕鱼的人们走起路来顺畅多了。于是,每个走过沙地的人,都免不了对胡哥一番称赞。
  沙场里,那些筛过的沙子,粗的,细的,一粒一粒的,晶莹剔透,像白花花的大米,被分门别类地堆放在沙场的一角,太阳下依然折射出亮晶晶的光。据说,粗点的沙子,是不可多得的硅矿石,是制作玻璃的好材料。胡哥已是某个大玻璃制造厂原材料的供应商,这些白茫茫的沙子,被他变成了源源不断的银子。而那些细点的沙子,更是供不应求,各地建筑工地大卡车,一辆接一辆拉着沙子出去,也拉着银子进来!
  如今,这白茫茫的土沙,早已变成了亮晶晶的银子,比米还贵上好多倍。可惜啊,远庄的人们,也没有因此走出穷困的日子。该出海的还得出海,该种地的还得种地,苦日子该过还得过。
  可人们还是感激胡哥!
  要不是胡哥,哪有从后江这段平坦的沙路!人家总不能又帮你平整了坎坷路,又给你亮晶晶的白米吃?人家有能耐是人家聪明,我们远庄人,可不是那种得了便宜又不满足的人!我们远庄人的心胸大着呢!
  但胡哥偏偏就是,帮你平整了坎坷路,又给你亮晶晶的白米吃!

二十、土沙

　　胡哥是远庄人的骄傲。在那个黑白电视机还没普及的年代，电视台里经常播放胡哥受访的画面，电台也经常回荡着胡哥的豪言壮语。总之，胡哥苦难的童年、艰辛的创业史、回乡创业的乡情等，成了远庄村人茶余饭后的美谈，其励志的故事，也成了家长教育孩子的正面教材。

　　我甚至也已经忘却了胡哥借住林二家的那段历史。那个好吃懒做的林二，据说后面被判了无期徒刑，那种对亲兄弟都敢动刀的人，那种连老婆都不放过的人，如此深重的罪孽受到惩罚，都是罪有应得，没什么值得可怜的。

　　太阳光芒万丈的时候，谁在乎那些渺小的黑影呢？

　　随着生意的逐渐扩张，胡哥沙场的产沙量，已经难以满足客户的需求。迫在眉睫的，是必须扩大采沙量，要扩大采沙量，就必须扩大采沙的范围。最后，在胡哥的斡旋下，经由上层领导同意，胡哥的沙场就逐步向靠近海边的木麻黄地拓展了！而沙场扩大后，筛沙机器也随之增加，工人的需求量增大。很快，胡哥将招沙场工人这个橄榄枝抛到了远庄村，这个生养他的村庄。

　　采沙工的工作相对轻松，除了需要把远处的沙子挑过来，把筛好的沙按照粗细分组堆放，操作筛沙机可就简单多了，只需插上电按上开关就行了。因此，这项工作对长期干体力的远庄村村民来说，哪怕是普通的妇女同志，都是轻车熟路的。因此，在胡哥的沙场里，女工比男工多得多了。

　　我的妹妹阿不没有上学，自小干体力活，她很早就去了沙场打工，虽然收入不算高，但比靠天吃饭的渔民稳定多了。正因为工作相对轻松，收入也稳定，后来远庄村的很多乡亲也渐渐来到沙场打工，沙场逐渐成了第二个远庄村。

　　去沙场打工的都挣钱了，不是去不成的，谁不想去分一杯羹？这其中，就包含了美姑。

　　自煮了大海龟后，连日来，阿春带领的大网，一直都没什么收获。这十八户人家，可都指望这伙大网过日子，现在常常捕不得鱼，有几户人家开始泄气了，也跑到沙场去，导致有潮水时，阿春喊破喉咙也喊不齐人，这可把他给气坏了。

"渔民不捕鱼，你说这些人怎么想的，难道以后要喝西北风啊！"喊不到人的阿春，拿着空空的网袋干着急。

"可能这段日子渔期不好，就让大伙歇息几日，过些日子再喊大伙了！"美姑安慰道。

"他们歇得起，我们可歇不起啊，你瞧瞧我们现在一大家子几张嘴啊，更何况儿子天旭才出生没多久，用钱的地方还多呢。"阿春叹着气。

美姑见阿春愁眉苦脸地坐着，她明白，一个劳苦的人是歇不住的，更何况他还要扛起养一家人的重担，于是就顺势说了心里话：

"这些日子，我去地里，家里三个姑娘把天旭照顾得好好的，我也是能腾手的。听村里人说，沙场那边的工作比较简单，要不，我也去做看看？"

"什么？你说什么？沙场？"阿春整个人倏地站了起来。

"我闲着也是闲着，去做点工，也能挣点贴补家用……"

"不兔！一个查某人做什么工！"阿春怒目圆睁，就连说话都在颤抖。

"不去就不去，发什么火！"美姑低声嘀咕。

"就是不许去！"阿春嘶喊一声，脸部的表情也变形了。

撕裂的喊声，也把里屋睡觉的天旭吓醒了。美姑也不说话了，她一转身，就朝里屋走去，随后，屋里便传来了美姑低吟的《摇婴曲》：

婴仔婴婴睏，一暝大一寸；
婴仔婴婴惜，一暝大一尺。

二十、土沙

摇囝日落山，抱囝金金看①；
你是我心肝，惊你受风寒。

婴仔婴婴睏，一暝大一寸；
婴仔婴婴惜，一暝大一尺。
一点亲骨肉，愈看愈心烧②；
暝时摇伊睏，天光③抱来惜。

婴仔婴婴睏，一暝大一寸；
婴仔婴婴惜，一暝大一尺。
同是一样囝，哪有两心情；
查甫也着④疼，查某也着宠。

婴仔婴婴睏，一暝大一寸；
婴仔婴婴惜，一暝大一尺。
细汉土脚⑤爬，大汉欲读册；
为子款⑥学费，责任是咱的。

婴仔婴婴睏，一暝大一寸；
婴仔婴婴惜，一暝大一尺。

---

① 金金看，闽南语方言，表示眼睛睁得很大地看。
② 心烧，闽南语方言，表示心里暖洋洋的。
③ 天光，闽南语方言，表示天亮了。
④ 也着，闽南语方言，表示也要。
⑤ 土脚，闽南语方言，表示地上。
⑥ 款，闽南语方言，表示准备。

远 庄

> 毕业做大事，拖磨无外久[①]；
> 查甫娶新妇，查某嫁丈夫。
>
> 婴仔婴婴睏，一暝大一寸；
> 婴仔婴婴惜，一暝大一尺。
> 疼囝像黄金，宠囝消责任；
> 养到你嫁娶，我甲会放心。

美姑的低吟如怨如诉，一下子勾起了阿春对父母的感恩之情，他静静地听着，听着，眼睛早就湿润了。

第二天，阿春早早就去了镇上的一家钉竹排的店。俗话说，三个男人一条船！他下定决心了，他也要整一条自己家的竹排。以后大网照样牵，不牵的时候，他准备拉上父亲和美姑的爸，实在不行再考虑请两个帮手，以后便可以用自家的竹排去捕鱼了，捕多捕少都是自己的，想去就去，想不去，就不去了。

约莫一个月后，当店老板把一条崭新的竹排拉到阿春家门口时，阿春兴奋得整个人跳了起来：

"美姑，美姑！我们有自己家的竹排了！我们有自己家的竹排了！"

阿春的尖叫声，让里屋奶孩子的美姑十分惊奇，她连忙跑出来，当看到崭新的竹排就摆在家门口，她也怔住了，眼睛睁得大大的，嘴巴也张得大大的，久久说不出话来。

当天，阿春就拉上父亲和美姑的爸捕鱼去了。虽然两位老人家不及年轻人力大，可经验还是很老到的，最主要的是，船上的重活阿春一个干就够了，就阿春那体格，可是一个挺仔啊！

那一晚，阿春他们果然带着满网袋的鱼儿归了家。

[①] 无外久，闽南语方言，表示不用多久。

二十、土沙

当阿春把鱼儿一骨碌倒了出来,那鱼儿便在院子里活蹦乱跳开了,逗得这一家人都笑得合不拢嘴了。

笑声弥漫了整个院子。

二十一、水鬼

人生的路，有时候就如同后江的沙地，时而是一马平川尘土飞扬，时而因为采贝壳和挖壳仔丁而变得坑坑洼洼，时而又因为胡哥的采沙又变回平平坦坦。

历史的规律总是在轮回。

后江的沙地，也不知道从什么时候，又开始变得坎坎坷坷了。

每天，从村庄走到海边，经过胡哥的沙场，就能看到好多台的抽沙机，在昼夜不停地运转着。起初，乡亲们都弄不明白，胡哥的沙场不是只有筛沙机吗，何时多出了这么多抽沙机？这些抽沙机是要干什么？胡哥是要干什么呀！

只是没有过多久，这一片平坦的沙地，又被抽沙机抽得一处沙丘一处水坑，这让刚平坦了没多久的捕鱼的村民们，走起路来又遭罪了。

"胡哥这天天抽沙子是做什么啊？难道沙里有黄金？"乡亲们疑惑地议论起来。

"还真别说！不是黄金，是黑金！"有小道消息的人轻声应道。

"黑金？黑金是什么东西？我长这么大从没见过！"乡亲们更加疑惑了。

"我听说，这黑金黑黑的，一条一条的，比黄金还贵！"

二十一、水鬼

"比黄金还贵？天啊，那胡哥不是更发财了！"

"是啊，听说一条黑金，就抵过我们捕一辈子的鱼！"

"唉，这土沙里有黑金，我们几代人愣是寻不着啊！"乡亲们叹着气，摇着头，只能无奈地继续翻越高高低低的沙地，艰辛跋涉到海边捕鱼。

与以往父辈挖贝壳形成的壳仔窟不同，抽沙机经过的地方，形成的水坑又大又深，从高处往下看，那一个个蓝蓝的水坑，就如同是沙地里的眼睛，又像是一个个张得大大的血口，要把人吃掉一般。水坑里的鱼儿，一只只膘肥膘肥的，一窜动，就在水面搅出一圈又一圈的水晕，犹如一个个水鬼在泅泳，可怕极了。以至于后来，父亲去牵大网的时候，我给父亲送饭，都是沿着沙子较多的地方走，从来不敢轻易靠近水坑，我担心走着走着，人就被这大血口给吞了进去。特别是晚上，月光萧瑟，海风习习，那水坑里常常回荡着阴风的回音，我总感觉是有着水鬼要冒出来抓人了。每次走夜路，我都是使劲地跑，可腿总像是被人拉着，细沙地里跑不动啊，每次费了很大劲跑出沙地，心却早已凉了一截了。

也许是因为小时候掉进海里过，面对面积大一点的水湖，我都会感到恐惧。

或许是我从小就胆小吧。

但如此恐怖的水坑，却没有吓住我们远庄村的小伙伴们。

在天气刚刚转热的时候，我们远庄村的小伙伴们就奔跑着来到水坑旁。这些连大海都无所畏惧的孩子，怎么可能被这样的水坑吓住呢。以前，因为大人们觉得危险，不让孩子们下海，于是他们常常趁着夜色朦胧，偷偷奔到海边，然后蹿进海里，像鱼儿一般在海水中穿行。可自从有了大水坑以后，孩子们再也不用跑到那个漫无边际的海里了，水坑从此成了他们的水上乐园，他们在这里泅水，他们在这里嬉戏，他们在这里抓鱼，他们还在这里挖沙蜊，这个让我望而却步的地方，却是他们欢乐的天堂。

偶尔，我也跟着他们来到水坑旁，我只是怯怯地站在远远的沙地上。

"鲲仔，下来啊！下来啊！"小伙伴们冲着我喊。

"你们玩就好，我怕水！"我有些后怕，那个落水的记忆，一直在我的脑海里重映，以至于从此后，我都没有学会游泳。

"胆小鬼，亏你还是海边长大的人！"小伙伴们说完，便钻入了水中，如一只膘肥的鱼沉入水中，水面立即浮出一个水晕，一圈一圈向四周散去。

我忽然想起古书有曰：夫善游者溺，善骑者堕。我本想回应一句，想着有点咒人的意思，更何况伙伴早已与水坑里的水融为一体了，我便转身跑开了。

可是才没过多久的一个黄昏，一个噩耗就从水坑传到了远庄村。

我始终相信，许多历史的痛苦时刻，都选择黄昏。那一晚黄昏的斜阳，像是一把悲怆的血，撒向漫天残红，淋漓欲滴，渲染着几分感伤和悲凉。整个宇宙沉死了，只等夜的黑将它一点一点淹噬，直至模糊，消失……

那时，我正聚精会神地演算习题，忽闻一个伙伴的哭喊声凄惨，悲凉，撕人心肺，声音由远而近，又由近而远。我连忙跑了出去，循着哭声一直跑到林大家。此时，很多人都围在林大家的破房子前。

林大正悠闲地吹着喇叭，喇叭声一会儿悠闲，一会儿婉转。直到小伙伴嘶吼的声音喊起：

"墨贼在水坑的中间浮起来了！"

喇叭声戛然而止。

众人连忙往后江奔去。

天渐渐黑了，夜来了。

月亮慢慢爬山树梢。

众人抬着墨贼浮肿的身体，放在了林大破房子的前面。许久，没人说话。

二十一、水鬼

林大走了过来,看了看墨贼,硕大的眼泪一粒一粒下落。大脚婆也过来了,咧开嘴哭天抢地的,没几分钟就瘫软下去。小管自顾着玩,他还小,不明白死亡是什么东西。

我愣住了:我亲爱的墨贼,我曾经的玩伴,他本就是大海里的墨贼,怎么就逃不过那小小的水坑?看着墨贼那浮肿的身体,我的眼泪簌簌滑落,但却始终哭不出声来。

"嘀嘀嘀嘀嗒,嘀嗒嘀嘀嗒……"

忽然,喇叭声响起,那也许是林大激昂的宣泄,没有人上前阻拦,没有人说一句话,所有人只是静静地看着林大失神般的演奏。曲终,林大也瘫倒了!

我终于也咧开嘴哭起来,大声地,无力地,撕心裂肺地,我知道有一天,我会离开这块土地,告别溪流,告别鸟叫,告别水草和芦苇,告别滔滔巨浪,告别我的老父母,去远方,去闯荡。可是,我亲爱的墨贼,我亲爱的伙伴,你怎么可以用这样的方式,离开我们,离开这里,离开这个喧嚣的尘世?

你尚未经历尘世的美,怎么就这么轻易离去!

我哭到无力,也瘫软在地。我甚至忘记了随后发生的事情,可能是我父亲把我背回了家。直到第二天清早醒来,我随便扒拉几口早餐,就赶紧奔向林大家。

此时,林大家的门前已经搭起一个很大的帐篷,墨贼正冰冷地躺在中间。靠近门口的墙角摆着一只四脚桌,十几个人围坐着抽烟,说话间,忽见一群人走了过来,走在前头的是隔壁村的大村主任,走在后头的居然是胡哥。

"村主任,怎么亲自过来啊,坐坐坐!"林大家的主事连忙站起来打招呼。原来坐着的人连忙站起来,挪到墙角蹲着,腾出了椅子。

"发生这种事,真正是可怜!我作为村主任,当然应该过来慰问一下。老林呢?"大村主任靠近主事坐下,其他来人也顺势坐了下来。

远庄

"老林还住在林场里呢，昨晚就喊人去叫了他，他掉着泪，说白发人送黑发人，不吉利，就不想回来了。"

"哦，哦，哦。"

主事的发了一圈烟，大家吞云吐雾起来。

这时，在旁边沉默了很久的胡哥站起了身，走到了林大的身旁，说道：

"林大阿叔，墨贼发生这个事，我心中真过意不去，毕竟那个水坑是我抽沙留下的。这样，阿叔说个数，我赔就是了。"

林大拿眼恶狠狠地瞟了胡哥一眼，便又转过头去，做出一副爱理不理的样子。

大家很是疑惑地看着林大。

大村主任见状，也走到林大身旁，大声说：

"林大，这事不能怪胡哥啊！你家孩子跑到水坑去游泳溺死了，要怪只能怪你对孩子没管教，后江水坑那么多，泗水的孩子那么多，怎么溺死的偏偏是你家孩子呢？"

林大转过头，恶狠狠地瞪着大村主任。

"虽然我说话不好听，但我说的可是实在话！胡哥是远庄村的叔孙[①]，本来就不是他的责任，他愿意承担赔偿，是出于好心，你不要得了便宜又卖乖！"

林大咬着牙，一句话也没有说。

"林大阿叔，我这边取了几万块钱，要不您先拿着用，不够时再说。"

胡哥拿出一个袋子，放在林大的面前。

林大终于爆发了，他提起袋子扔了出去，大声喊道：

"都给我滚！麦来假菩萨啦，你的钱太黑，我们不敢用，做人还是积点德，麦黑心肝啦！"说完，转身走进屋里去。

---

① 叔孙，闽南地区的一种称谓，指土生土长的同一个村庄的乡亲。

二十一、水鬼

随后,我听到了一声又一声的呜咽,从里屋传了出来。

在场的很多人眼睛湿润了。

唯有大村主任和胡哥等人,他们一个个弯着腰,一张一张地捡拾着散落一地的人民币。

此时,鸟儿开始叫早,晨晖从天边斜射下来,给大地和大地上的人和物,都撒上了一层淡淡的红光。

二十二、变故

　　我亲爱的墨贼，我亲爱的伙伴，他就这样消失了，带着我们童年的回忆，永远地离开了我们，永远离开了这片生养我们的故土。

　　也许有一天，我也会离开这片土地，告别溪流，告别鸟叫，告别水草和芦苇，告别滔滔巨浪，告别我的老父母，去远方，去闯荡。

　　我也想离开这里，离开我亲爱的墨贼、我亲爱的伙伴，可我从来没有想到的是，他居然以这种方式离开。有些人走了，他再也没法回来了。

　　日子很快都过去了，已经发生的和还没有发生的，时间会把悲伤与快乐洗刷干净，不留痕迹。墨贼走了，沙地的水坑还在。

　　而且，伴随着胡哥沙场生意的发展，靠近海边的那片曾经为了防风固沙的木麻黄，也被推土机碾压过去，恢复成了沙地，成了胡哥的沙场。而胡哥的故事，越来越传奇、越来越丰富，甚至许多经历都不为我们所熟知，但依然让人们津津乐道。只是，那个我曾经挂念的胡哥，那个曾经捡牛屎的少年，那个在我心中曾经代表坚强又特别伟岸的胡哥，不知道什么时候起，在我心中的形象却越来越模糊、越来越陌生了。

　　就好比阿春和美姑，他们也渐渐从我熟悉的记忆里走远了。

　　自从有了自己家的竹排后，阿春就忙得不可开交。每次和大

二十二、变故

伙牵完大网，他还要自己带上两位老人出一趟海，常常也是满载而归。勤劳的人，总是能等到收获时。料想在他的努力经营下，他们一家的日子很快就越红火了。可是有一天傍晚，阿春扛着两大网袋的鱼儿回到家，却见家里只有四个孩子在，他四处寻不着美姑的身影。

"你们的阿母呢？"

阿春边放下手中的网袋，边问道。他觉得美姑可能是临时走开了，便自顾走到灶脚，却发现锅里什么也没有。于是，他又疑惑地走到孩子们面前问道：

"你们的阿母呢？"

孩子们见父亲生气了，都不敢回答。阿春明白孩子们也说不出个所以然来，便折身进了灶脚，他做了饭，炒了菜，煮了鱼，再让孩子们一起吃完晚餐，待他收拾碗筷的时候，美姑回来了。

美姑是带着一身沙土回的家。当她看到阿春站在面前，显得很是慌张，连说话都吞吐起来：

"你……你今天……这么早……早回来？我先去给孩子们……"

"不用，孩子们都吃完了。"阿春打断美姑的话，"你去哪了？"

"我……我去……"美姑话到嘴边，又吞了回去。

"你到底去哪？"阿春的音调开始走高。

"我担心你一个人扛一个家太累了，只是想帮你分担点……"

"查埔人的担，哪有查某人来担？[①]你说，你去哪，去了多久了？"

阿春歇斯底里的喊叫，把四个孩子吓哭了，顿时，整个房子就

[①] 闽南语方言，大意为：男子汉大丈夫的担子，哪有让女人来承担的。

如同一个热气球，正在一点一点膨胀，很快就要到达爆炸的界点。

"我去沙场做点工了……"

"砰"的一声，阿春摔门而出。

美姑抱着孩子，哭成了泪人。

这是阿春与美姑结婚以来，两人爆发的最激烈的一次矛盾。阿春走后，美姑哄着孩子们早早入眠，而自己却因等待阿春失了眠。

是夜，阿春直到深夜醉酒才回了家。

往后的日子，阿春出海更频了，也许，他风里去浪里回的执着，只不过是为了证明，他阿春有能力撑起一个家，撑起一家人美好的生活而已。

可谁承想，自此之后，阿春的渔利却一日不如一日了。他只有更加频繁地出海，以收获微薄的渔利。

见阿春如此疲于奔命，美姑也决定不再去沙场了。

日子开始平静了。

可再平静的湖水，也会有泛起涟漪的时候。

直到某一日的深夜，一阵清脆的锣声把夜敲醒，也把深睡中的远庄人敲醒。所有人揉着睡意惺忪的双眼，迈着无力的双腿，循着声音来到月光如洗的庙埕。

月光下，看林的老林，站在戏台中央，手上拿着锣有节奏地敲着，脸色被撒下的月光映得苍白。当见到乡亲们陆续来到，他便放下手中的锣，大声地喊道：

"乡亲们，我不是有意要吵醒大家，只是有些话我当讲，我怕我今晚不讲就没有机会了！"

这个开场白让大伙一下子醒了几分，大伙好奇地窃窃私语着。

等老林再开口的时候，庙埕上一下子又变得鸦雀无声：

"大村主任通知我说，今晚不要走，领导要找我谈话。要走我早走了，何苦等到现在？更何况，远庄村是生养我的地方，我要走去哪里？我料想，事情的缘由应该是这样的。前不久，我托人写了十几份材料，寄往各级相关管理部门，揭穿胡哥破坏林地扩大经营

二十二、变故

的罪恶行径，我想他们应该是已经收到了。"

老林停顿了一会儿，继续娓娓道来：

"这些年来，后江那一片沙地，本来是乡亲们共同所有的，现在却被某个人占去开了沙场，我们计较了吗？沙地里那些白花花的如同大米的沙子，可是我们世世代代踩着去海边的，如今被卖了，钱却只进入某个人的口袋，我们计较了吗？只是如今，守护我们家园的木麻黄林，抵挡得了飞沙走石，却抵挡不了官商膨胀的心啊！"

老人义愤填膺的话语，也激起了大伙心中的不平，他们议论的声音明显比之前更嘈杂了。

"今晚，我召集大家，只是为了告诉大家，我此次去了，若是不能回来，希望乡亲们能站起来，继续揭露胡哥毁林卖沙的恶劣罪行……"

老林的话音刚落，警笛声就近了。然后几名警员，在村民们的注视下，在月光的洗涤下，将老林请下了戏台，然后架上了警车，随后扬长而去。

月色下，人们的脸，一个个苍白如水，可能是被月光给洗的。

时间辗转约莫一个月，老林回来了。

老林是一个人走路回来的。

那是一个宁静的清晨，朝阳还在睡懒觉，倦鸟还在依恋暖巢，老林从木麻黄深处的柏油路，先露出一点，然后慢慢变成一个面，最后才成了一个立体的人出现在村口。

此时，早忙的人正要出门了。

老林站在村口，胡子拉碴，形容憔悴，谁也不知道，这一个月他经历了什么。如今，他犹如一枝枯槁的木麻黄，晨风一吹，他微微踉跄。

"老林，你回来了？"人们诧异地问道。

老林愣了数秒，没有回答，随后就踉跄地朝村子里林大家的方向走去。

远庄

后来，老林再也没有走出家门来。

再后来，听说后江的沙场被查封了，胡哥被抓走了，大村主任和镇上的几位大领导也被抓走了。

这些爆炸性的消息，如同在远庄村翻起了一个又一个巨浪。我的阿不妹妹，连同村里的很多人，都一起失业了。人们忽然间发现，这一切的始作俑者，就是老林，原本对老林还存有的几丝同情，也逐渐被厌恶所替代。甚至后来，那口老林经常敲响的锣，也不知道被谁给砸得稀巴烂。

唉，那锣本来就已残破不堪，何必在这个破锣上撒气呢！

从此，后江的沙场变得相当宁静，再也没有筛沙工人的闲言碎语，也没有筛沙机和抽沙机的轰轰声响了。人迹罕至的沙地，唯有那一个个蓝蓝的水坑，如同沙地里的眼睛，又像是一个个张得大大的血口，要把人吃掉一般。

可后来，水坑里半夜有水鬼出来抓人的传闻，却传得越来越离奇、越来越恐怖、越来越真实，着实让孩子们不敢再靠近。若不是父亲他们那一伙网还在继续捕鱼，我也不敢独自走那一条沙路。每次迫不得已要去给海边的父亲送饭，我都是从沙地的这头，使劲憋着一口气，然后一路狂奔到海边，才敢停歇下来大喘几口气。

最吓人的当属夜晚，有白月光的沙地上，海风呼呼作响，这些大大的水坑里，常常回荡着阴风的回音，像是有人在细语，像是有人在哭泣。

二十三、狂风

那一晚,狂风却再次袭击了远庄村。

狂风来得太突然!捕鱼的人都还没有归来……

窗外,风呼呼呼地吹着,我看到一片又一片的瓦块在空中飞,旋转,而后重重地摔在地上噼里啪啦地响。母亲拉开窗户,焦虑而惊恐地望着窗外,我知道,她在担心我的父亲。

我抬头发现她眼角的泪花,一颗一颗地闪烁,硕大硕大的,这么多年来了,我不知道母亲到底度过多少这样的夜晚。我轻轻地走过去,紧紧地抱住母亲,安慰说:

"阿母,免担心,我爸一定会平安回来的。"

母亲抿起嘴,忍耐不住的泪水顺着脸颊滑了下来,一串紧接着一串。

我伸手帮她轻轻拭去,望着窗外的狂风夹杂骤雨,坚定地对母亲说道:

"我爸一定会回来的!"

风在呼呼地吹着,这个夜晚,被这一场突袭而来的狂风撕得粉碎。窗外的黑夜里,我听到各种号哭的声音,接着是各种急促的脚步声,混在风中,后来是一个个模糊的身影,匆忙地往海边的方向奔去。

母亲穿上雨衣,正准备出门。

我连忙拉住母亲。海边的人啊！他们常年风里来浪里去，也许某一天，他们就突然间从这个世界消失了，谁能拗得过命啊！窗外的风还在呼呼地吹着，哪怕父亲真出了意外，我也不想母亲在这个时候跑出去冒险。

母亲看出了我的担忧，她缓缓地脱掉雨衣，但烦乱的心绪让她坐立不安，她一会儿来回踱步，一会儿望望窗外。也许，我们都在等一个最坏的消息。

那个晚上，我听到母亲的叹息，柔长而无奈，一声紧接着一声，弥漫在狭小的屋子里。狂风与暴雨在窗外怒吼着，空气在狭小的屋内凝结，让人倍感憋闷，倍感窒息。

这一晚，我们都没有心思入眠。

我与母亲一样，心里都惴惴不安，只是我在强装镇定而已，在这样风雨交加的时刻，我必须镇定成一棵耸立的树，才能给此时的母亲带来宽慰。

也不知道是过了多久，院子的门吱呀一声，声音穿透了怒吼的风雨声，尖锐地传进我们耳朵里。母亲以迅雷不及掩耳之势打开大厅的门，伸出头向院子里张望。果然，茫茫的雨幕中，一个黑影站在门口。

母亲不顾倾盆大雨，奔了过去。

"回来了？！"母亲尖叫着。

父亲走进院子，进了大厅，他穿着深蓝色的雨衣，浑身流淌的雨水，早已在他的脚下形成了一片汪洋。

"赶紧……赶紧穿上雨衣……我们得赶紧去海边……阿春他们出事了……"

"出什么事了？！"

"暴风雨来了，我们赶忙收了大网，可阿春说暴风雨天鱼儿多，非得拉上两老人家出海去了，怎么劝也劝不住……"

"现在人还没回来？"

"竹排的碎竹筒是漂回来了，可人影都没见着！"

二十三、狂风

"啊？"

母亲连忙把雨衣套在湿漉漉的身上，转身就跟着父亲走了出去。

我还没来得及思考，也还没来得及悲伤，忽见父亲折了回来，对我叮嘱道：

"鲲仔，你去美姑家里一下，看看有什么可以帮上忙的，最主要的是稳住美姑的情绪。别乱走，我和你妈去去就回！"

父亲交代完，转身又消失在雨幕中。

我也匆匆套上雨衣，往美姑家奔去。一路上，风刮得起劲，雨落得急骤，风雨敲打着我瘦弱的身躯，我只能拉紧雨衣小跑到美姑家，待跑到她家门口，雨水早已渗透到我的全身。我连忙敲打美姑家院子的大门。

"阿春回来了？阿春回来了？"

美姑惊喜的声音从门缝里飘了过来，我预想她打开门后该有多么绝望，我似乎已经听到她心跳的慌乱，似乎已经模糊地看到她心中奔腾的血。可我又不能变成阿春站在这里。面对狂风暴雨，弱小的我们，显得多么苍白无力！

门开了，我闪进屋里，任凭脚下的雨水蔓延，却见屋里坐满了人。

"鲲仔，怎么是你？"等我进了门，美姑朝门外望了望，见外面大雨如织，未见半个人影，便关好门。

"我阿爸阿妈返去海边了，叫我过来看看你。"我脱掉雨衣，找了个角落坐了下来。

"出事了？"美姑哽咽住了。

"我听说大伙已经开动村里的大船了，会找到阿春他们的。"一个声音安慰道。

"是啊，阿春福大命大，不会有事的。"另一个声音附和道。

然后，屋里便沉静了下来，只有美姑的哽咽声，有几个妇女也开始跟着哽咽起来。

时间一分一秒地走着，屋里人一个个泪眼婆娑，低垂着头，谁也不知道该用什么语言来缓和眼前的窒息气氛。

很久很久。

门再次被敲响，我第一个跑出去开门。

满屋的人伸长着脖子，眼睛死死盯着大门。

门开了，站在前头的是我父亲，后面跟着一起牵大网的十几位乡亲。见门开了，大家便陆陆续续走进院子。

"阿爸？"我喊了一声。

"美姑……美姑……"父亲没来得及理会我，他嘶哑地喊着美姑的名字，见美姑走了过来，父亲的嘴角抖动了几下，忽然说不出话来。

眼泪在美姑的眼眶里打转，一会儿，便一滴滴落下。

"阿春找着了吗？阿春找着了吗？"

"我们开着大船在海上找了几圈，雨太大了，视线太模糊了，还是没找到阿春他们……"父亲嘴角翕张了数次，终于还是无奈地说了大概。

"阿春爸……我阿爸……都没找着？"美姑的声音似乎是卡在喉咙里很久，好不容易才吐出来。

"雨……太大了，等等……我们会去再……"父亲的话还没说完，美姑无力地挣扎了一下，便晕了过去。

众人连忙上前，把美姑抬到了床上。

父亲叫了几位年轻力壮的小伙，转身又投入茫茫的雨幕中。

这一晚，注定是无眠夜。远庄村的男女老少，在狂风暴雨中守候了一晚，他们都静静地等待着，期待着那滔滔的浪花里，能够涌上来一个好消息，哪怕是一丁点儿都可以……

然而，直到第二天凌晨，风小了，雨稀了，父亲和小伙们又回来了。

美姑从床上爬了起来，跟跟跄跄地走到父亲面前，她头发蓬乱，双目红肿，脸色苍白，嘴角抖动了几下，终是没有说出话来。

二十三、狂风

父亲木木地站在院子中，雨水从他的雨衣上，从他的眉宇间，从他布满皱纹的脸上，从他杂草般的胡须缝隙，汪洋般地流淌下来……

"人没了……尸体终是找着了，三具……"父亲颤颤巍巍地说道。

硕大硕大的泪珠，从美姑的眼角滑落下来，一颗，一颗，又一颗……许久，她抖动嘴唇，低声说：

"找着就好，死也得见尸嘛……"

美姑话刚说完，整个人便又瘫软下去。

满屋的呜号声，瞬间此起彼伏。

犹如远处的风起海涌，发出的一阵阵浪打浪的悲号！

二十四、告别

这一天清晨,白帆布被迅速搭好在沙滩上。白帆布的一边是抽沙机留下的偌大的水坑,另一边是奔腾汹涌的大海。白帆布下面,三具水淋淋的冰冷的尸体,整齐地摆放着。

人都是在自己的哭声中来到这个世界,在别人的哭声中离开。

这一日从早到晚,来送别遗体的人,无不是哭丧着离去。而每次送别的人离开,美姑就哭晕一回。

这一日清晨,我也是走过湿漉漉的泥土巷,穿过木麻黄地,绕过了张着大口的水坑,踏过了被雨水浸泡得有些生硬的沙地,才来到白帆布前。我也是来向阿春告别的。当三具尸体近距离呈现在我面前时,我的眼泪始终在眼眶里打滚,就是掉不下来,心里头似乎被什么东西堵着,一直喘不上气。直到我的目光凝聚在阿春躯壳的那一刻,我的眼眶忽然就决了堤,泪水似滂沱的大雨难以抑制!

我怎么也想象不到,生命居然如此脆弱,如此不堪一击!那个曾经活生生的人,那个曾经身材健硕的人,那个口中总是"不信邪"的人,如今却已成了一具冰冷的躯壳,静静地躺在那边,一动也不能动。

有关阿春的记忆,一幕一幕涌上心头。我摸出我脖子上那个带血的东西,偷偷地塞在他的躯壳下,然后忍不住大声恸哭起来。这有些失常的哭相,倒是把美姑吓住了,她一下子停止了哭泣,跑上

二十四、告别

前搀扶住我。而我则撕开喉咙,更加放肆地哭了起来,直哭到瘫软在美姑的怀抱里,就犹如小时候,我依偎在她的怀抱里一般。

这一刻,我隐约看到,大水坑变成一张狰狞的血口,血口里忽然爬出一只小海龟,它缓缓地爬着,爬过了沙地,爬过沙滩,爬过浅浅的潮水,向远处汹涌的海浪,向大海的深处爬去。

我连忙钻出美姑的怀抱,挣扎着站起,停止哭泣,擦拭眼角的泪花,然后肃穆地鞠躬、告别,然后匆匆离开。我踏过被雨水浸泡得有些生硬的沙地,绕过了张着大口的水坑,穿过木麻黄地,走过湿漉漉的泥土巷,才回到了家。

其实,我迫切地想离开的不止这片躺着三具尸体的沙滩,我还想告别溪流、告别鸟叫、告别水草、告别芦苇、告别木麻黄、告别滔滔巨浪、告别家乡的父老乡亲、告别我童年的玩伴。不是我害怕那咸涩的海水,害怕那风里来浪里去的生活,让我迫切想要离开的,是远庄村人难以触摸的人性以及难以抗争的命运,这些都让我悲凉,让我战栗。

遗体的告别只用了一天时间,但人心的创伤,是需要很长一段时间才能抚平的。

正如暴风骤雨洗礼下的远庄村,也是花了好长时间,才逐渐恢复了原有的模样。

后来,我开始投身紧张的中考复习,我把自己关在家里,"两耳不闻窗外事,一心只读圣贤书",直到中考结束。我平静地走出家门,然后就听说婶婶已经不让我的弟弟阿木念书了,要把他拉回家和叔叔一块儿捕鱼,他们家也买竹排了。是啊,在我们这样的渔村,他已经够上渔船的年龄了。对此,我也是理解的,毕竟三个男人一条船!后来我又听说,美姑家养了很多猪,孩子们都很懂事,大姑娘、二姑娘长得和美姑一样,水灵灵的,她们也经常去前江的水草地割水草。

野草啊,割了又长,长了又割,跟过日子似的,日复一日。

没过多久,中考成绩公布了,我以总分全校第三名的成绩被县第一中学录取了，这可是全省重点高中啊！我也成了远庄村有史以来第一个被县一中录取的学子。这个消息，就如同长了翅膀一样，最后传得全镇人尽皆知。

"穷山出没丈八梁！"

"小社团仔，读书无路用啊！"

曾经的不屑与嘲讽，依然在我耳畔回响，可是只有父亲的话最让我难以忘怀，最让我念想：

"孩子啊，以后要更努力读书，有能耐的话，走得越远越好！"

"不要回来，永远都不要回来！"

我知道终有一天，我会离开这块土地，去远方，去闯荡。如今，我很快就要去县城读书了，我会穿过蜿蜒的柏油路到镇上，然后再转摇摆的班车到县城的学校。这一路即使颠簸，但我终是可以走出去，去看看外面精彩的世界，去感受不一样的风景。可是，纵使选择离开，我对这块土地依然深深热爱，依然深深眷念。

那是一个午后，我走出家门，漫步在乡野的小路上，微风轻轻吹拂，木麻黄轻轻摇摆，我看着乡亲在田间农作，我闲适的心情如午后的暖阳，荡漾着无限的惬意，脑海中更是浮现出无数的遐想。却不料，迎面走来的洪菜头，看到我，嘴角尽是收不住微笑。

"洪伯伯，你回来了！"

我礼貌地打着招呼。闽南人的问候语，除了"吃饱无"，便是"你回来了"，具体从哪里回来不重要，就跟你到底吃饱没吃饱一样不重要，这只是一句简单的问候语而已。

见到我，洪菜头连忙停下了脚步，然后对着我竖立两只大拇指，嘴里高声念道：

　　　　白马挂金鞍，骑出万人看。
　　　　借问谁家子，读书人做官。

二十四、告别

念完,他停顿了下来,似乎是在思考什么,不一会儿,他抬起头,对我语重心长地说道:

"能读书最好!能读书最好!哦,你不知道吧,看林的老林那诉状,就是我帮他写的。这就是读书人的好!你要好好读书,才能走出远庄村,才能当大官!"

我怔住了,没等我反应过来,洪菜头已经从我身边走过去,人影很快消失了。

也许,消失的还是这位下乡的老知青终其一生永远无法企及的梦想。

繁杂的思绪涌上我的心头。我折回往村里走,走着走着,竟然走到了美姑家的门前。这些日子,我忙于学业,也未尝探究过她家的消息,也不知道美姑面对那一夜的厄运,是坚强地走下去,还是被击垮了?

我想,人总是要经历世间的风风雨雨,有什么坎是过不去的?

我想起阿不小时候,我们一起在木麻黄地里梳草,每次碰到木麻黄的头根被挖起留下的深坑,她总是怔怔站在原地发呆。

我远远地喊:

"阿不,你过来啊!"

阿不站在原地一动也不动,手足无措又焦虑万分。

"阿不,你过来啊!"

我越是喊,她越是慌张,最后却无助地哭了:

"哥,前面有一个大坑,我怎么过啊!"

"你绕一下不就过来了!"

每每想起这事,我都想笑。但如今,想到人活一世,处处是坎,哪有那么轻巧就能绕过去的?

我朝着美姑家半掩的门往里看,见美姑家的大女儿和二女儿正在院子里,一边玩着拍手游戏,一边唱着《拍手歌》:

远庄

一的炒米香,
二的炒韭菜,
三的尚尚滚①,
四的炒米粉,
五的五将军,
六的好子孙,
七的分一半,
八的紧来看,
九的九婶婆,
十的撞大锣。
打你千,打你万,
打你一千空②五万。

拍完唱完,一阵阵铜铃般的笑声透过半掩的门,从院子里传了出来。那铜铃般的笑声,我仿佛看到了美姑当年的样子。

此时,美姑正抱着小儿子,安静地坐在院子里的墙角边。忽然间,小儿子哼唧几声,美姑从容地撩开上衣,塞进了儿子的嘴里,孩子的哭声马上停止了。午后的阳光正从屋角斜射而下,照在美姑略显苍老的脸上,照在使劲吮吸母乳的孩子的脸上,一切都显得那么的安详,那么的平静,平静得有如微风轻轻拂过。

我的内心本有万千的惋惜、万千的怜悯,多少次,我都想找机会去安慰美姑,我知道一日之间失去三个亲人,这该是何种沉痛的打击!

我想对她说:人总是要经历世间的风风雨雨的,有什么坎是过不了的?活着人就该好好活着,就该勇敢地跟过去告别!

---

① 尚尚滚,闽南语方言,表示水煮开了一直在沸腾的样子。
② 空,闽南语读音,相当于数字中间的零。

二十四、告别

　　可是，我担心我粗劣的安慰只会徒增她更多的伤悲。但如今看到她家如此平静的画面，我料想她是已经绕过那个坎了。

　　可是，她该有无尽的悲伤，怎么可能在这么短的时间内就已经和那一段凄惨的过去告别了呢？

　　我久久地站着，无尽的悲凉涌上我的心头，眼泪也在这一瞬哗哗地从我的眼角滑落。

二十五、眷念

随着高中开学日子的临近,我对这块生养我的土地,油然产生了一种莫名的眷念。

有时候,我会在清早,循着叽叽喳喳的鸟鸣,从村口的竹林出发,沿着坑洼的土巷,数着残垣断壁的破厝,然后顺着溪流,踏上乡间小路,跨过了沟渠整齐的庄稼地,走进绿油油的水草地,又钻进迎风飘摇的芦苇林,惊起几只受惊的白鹭,来到前江的海边,然后对着奔腾的大海,喊一句:

"我爱你,我的家乡!"

有时候,我会在某个午后,走另一个方向,先是踏着坑洼的土巷来到村口的柏油路,穿过郁郁葱葱的木麻黄林,绕过满是大水坑的沙地,奔跑在海鸟疾走的后江沙滩,然后对着辽阔的大海,喊一句:

"我爱你,我的家乡!"

我知道,这种爱,就是对这片生养我的故土割舍不断的眷念。

深扎的根,是木麻黄割舍不了对土地的眷念。

飘飞的花絮,是芦苇割舍不了对溪流的眷念。

海面上雀跃的鱼,是海鸟割舍不了对浪潮的眷念。

那星星点点的渔船,是海边人割舍不了的,对大海的眷念。

我不知道,多年以后,会不会还有一群孩童,与当年的我一

样,牵着牛绳,走在这片水草地上,欢欢笑笑地唱起牧牛曲:

> 牛崽喔——
> 乖乖跟牛母,
> 牛母生你真艰苦,
> 不通跟人行没路,
> 害得牛母找你无……

我不知道,多年以后,会不会还有这样的母亲,在她忧伤的时候,在她喜悦的时候,在她无助的时候,于宁静的夜晚,在繁星眨眼的夜空下,躺在潮湿土房的屋顶,给孩子们唱起那首童谣《天乌乌》:

> 天乌乌,欲落雨;
> 阿公拿锄头,
> 要巡水路,
> 巡呀巡巡啊巡,
> 巡着一尾旋留鼓,
> 依呀夏拢真正趣味。
>
> 阿公要煮咸,
> 阿嬷要煮淡,
> 二人相打弄破鼎,
> 弄破鼎,
> 隆冬去冬锵哇哈哈
> ……

也许,世事总会无情地变迁。但不管时光如何流转,有些记忆,却是永远磨灭不了的。就比如,我永远也忘不了小时候,美姑把我抱坐在她的腿上，然后用纤嫩的手指着我的鼻子，嘟起她的小嘴说：

"这孩子，真是可爱！"

"美姑，等我长大了，我要娶你！"

"等你长大了，美姑都成老太婆了，你还要吗？"

"我不管！我不管！"

然后，我便双手紧紧地抱住美姑，用尽平生所有的力气，害怕一放手，美姑便永远地离我而去。

记忆如同潮水汹涌。只是待我长大了，我也没有娶美姑，而美姑那温暖的怀抱，我却再也没能如当初般舒适地依偎过一回。

嘀嗒嘀嗒嘀嗒嘀嗒，时针它不停地转动。

又是不久后的一个黄昏。

我相信历史的痛苦时刻，都喜欢选择黄昏，或许黄昏本身就蕴涵着一种悲剧和生命的黯然。总之，在不久后的一个夕阳映红了天的黄昏，我漫步在某个坑洼的巷角，正低头回味童年嬉戏的场面，忽见美姑的身影从眼前飘过。我抬头一看，见美姑提着和往常一样的装满饭菜的红篮子，正往海的方向匆匆走去。

美姑提篮子去海边的事，我以前见过几次。可是今日，她飘然的情绪，却让我感到异样。我赶紧起身，跟着她踏上了村口的柏油路，又穿过郁郁葱葱的木麻黄林，绕过满是大水坑的沙地，再走到退了潮的海滩上。我看见美姑慢慢拿出篮子里的饭菜摆在沙滩上，然后点上香，继而对着奔涌的大海深深地跪了下去，如同奶奶在世时跪拜神明的样子，然后不停地鞠躬，嘴里不停地祷告。她的虔诚、她的恐慌，让我感到极度不安，我很想冲向前去抱住她、安慰她，然后告诉她，人总是要经历世间的风风雨雨的，没什么坎是过不去的，活着的人就该好好活着，就该勇敢地跟过去告别！

可是，我不敢向前一步，我怕我上前一步，就破坏了她的那份虔诚。

我只是远远地，远远地注视着她。

二十五、眷念

也许，前些日子我以为美姑走出的坎，或许只是她呈现出来的假象。对自己早前的妄下结论，我有些愧疚。此时此刻，我似乎感受到美姑心里的那份苦痛、那份怆然。祭拜完了，我看到美姑在沙滩上缓缓地坐了下来，久久地凝望着黄昏的海面发呆，凝望着天际边的红霞发呆。

海风轻轻地吹拂，插在沙滩上的香的烟，犹如一条小白蛇左右摆动，升腾，直至消逝。

此时，夕阳的余晖正映射在海面上，海面上波光粼粼，如一座镶着黄金的桥，向大海的深处延伸，直至消逝在远处的余晖中。

忽然，我看到在沙滩上静坐的美姑猛然站起，朝着粼粼波光的地方走去，海潮漫过她的脚踝，海水盖过她的膝盖，海浪拍打她的身躯，她没有后退，而是一步一步朝着夕阳的方向走去……

我的喉咙忽然失声，喊不出一个字，我扒开腿就往海的方向奔跑，使劲地奔跑，奔跑，海潮在我的脚下四溅，如一朵朵盛开的莲花。我无暇顾及踏碎多少夕阳的余晖，而是一个劲地往夕阳的方向奔跑，奔跑，跑着跑着，却一屁股摔坐在奔涌的浪潮中。我瘫坐在涌动的海水中，无助夹杂悲恸席卷而来，以致我全身乏力，站立不起，我使劲想呐喊，无奈却失声喊不出一句话，我看到海水慢慢没过她的肩膀，没过她的脖子，然后就没过她的头，没过她的发……

深扎的根，是木麻黄割舍不了对土地的眷念。

飘飞的花絮，是芦苇割舍不了对溪流的眷念。

海面上雀跃的鱼，是海鸟割舍不了对浪潮的眷念。

那星星点点的渔船，是海边人割舍不了的，对大海的眷念。

孩子啊，你们才是最伟大的，才是世间所有父母割舍不了的，对人世的眷念。

无情的浪潮从我的两侧席卷而来，然后就在我的身旁，撞击在一起，把粼粼波光撕得粉碎，化成万千破碎的浪花，一朵一朵浇灌在我的头上，而后又漂浮到海面上，海面上盛开了无数的水莲花。

直到海水没过我的肩，我才挣扎着站起，拖着湿漉漉的身体，一步一步朝沙滩走去。

　　此时，我的身后，夕阳愧疚地藏入海中，黑夜便漫无边际地延展开来。

　　在这个无边的黑夜里，我找不到一丝的温暖的光，来驱除我身上的冰寒，而宁静的暗夜里，只有浪打浪发出的呜咽声，在我的耳畔不停地回响。

　　我知道，明日的朝阳会冉冉升起，那波光粼粼的镶着黄金的桥，会从海的深处，向沙滩延伸而来。因为，粼粼的波光，是太阳对海水割舍不了的眷念。

　　忽然，一阵不解风情的海风，从四面八方肆虐而来，从我耳畔呼啸而过，我打了几个寒战。我想不明白，风，到底从哪里吹来？

　　我不知道风从哪里吹来！

2006 年 1 月至 6 月草稿
2007 年 3 月至 9 月整理
2024 年 1 月至 5 月续写
2024 年 6 月至 7 月修改

附 录

远去了的《远庄》

○ 谭伟平

　　许多作家都谈到,童年的经历对一个人的一生有着深刻的影响。陈忠坤写《远庄》,其实就是写他的童年,那村那水那滩,在小说里,清晰到须尾皆见。

　　孩提时代的梦,不管我们后来经历了多么璀璨的时代、多么缤纷的色彩、多么炫丽的生活、多么耀眼的舞台,这个初始的梦,一定是魂牵梦绕地陪伴着他,高兴时会浮现,失意时更会浮现,它似咖啡,有着苦涩的味道;也似老茶,有着淡淡的回甘。正如冰心在《繁星》中所言:"童年是梦中的真,是真中的梦,是回忆时含泪的微笑。"《远庄》就是在这样的环境氛围中展开叙事的。其写作时的感情与心态,像极了冰心在《春水》中的那段描述:

　　暮色苍苍——
　　远村在前
　　山门在后
　　黄土的小道曲折着
　　踽踽的我无心地走着

> 宇宙昏昏——
> 表现在前
> 消灭在后
> 生命的小道曲折着
> 踽踽的我不自主地走着
> 一般的遥远的前途呵!
> 抬头见新月
> 深深地起了
> 不可言说的感触!

这本小说描写的是一个出生在远庄渔村的孩子,当他回首自己的初生、初痛、初恋、初恨时,面对时代的变化,不由自主地发出了"我从哪里来,要到哪里去"的浩叹。小说就是在看似平平常常的故事叙述中,提出了这个类似"哥德巴赫猜想"的人生问题。

陈忠坤热爱写作,在创作上最早出名的,就是他与他人共同创作的《少年陈景润》。这个既是陈忠坤家乡的名人,又是陈姓人骄傲的数学家陈景润,许多小时候鲜为人知的故事,在这本类似传记的书中,叙述得栩栩如生。在他所策划出版的"少年中国"书系中,除了《少年陈景润》外,还推出了《少年李林》《少年陈嘉庚》《少年林巧稚》等书籍,皆受到读者的好评,也取得了良好的社会效益。因此我觉得,少年与故乡的眷恋,是陈忠坤深掘的文学创作之井,《远庄》亦可作如是观。

作者用散文式的笔调,抒发了自己对这个叫"远庄"的渔村今昔的变化,人们的思想观念也随之产生了变化。譬如写阿春带领大家捕获了一只大海龟的场景:

> 我努力扒开人群往前钻去,只见这只三四米长的大海龟,见身边的人走远了,正试探地伸出三角形的脑袋,那脑袋犹如大蟒蛇的头,晨晖不偏不倚地射了过来,照得海龟头呈现几圈红晕,有如电

视机里播映的神仙下凡画面。再细细端详，海龟的龟壳和腹部呈淡青色的，四只脚如同船桨一般，脚尖还有四个尖尖的爪子，尾巴又粗又细又尖，有如拱圆屋顶的厚重的龟壳，犹如由十几个六边形组成的厚厚的盔甲，披挂在这位英勇的将领身上。如此骁勇的将领，许是迷失了方向，才落得如今被五花大绑捆着的战俘模样？

远庄的人围观着这只海龟：

也许是众人的笑声太过奔放，把原来已经放下警惕的大海龟吓到了，它迅即又将头、脚、尾巴缩进了龟壳里。或许，在它的世界里，只要缩起自己的头，不去理睬外面嘈杂的世界，就可以摆脱尘世的烦扰，可是，那何尝不是一场自欺欺人的掩耳盗铃！

如何发落这只大海龟，花伯与阿春产生了分歧，从人们认知观念的变化，不难看出一个时代的背影。作者在小说中叹道："这个世界变化太快，我抵挡不了，就如同我抵挡不了奔腾的海水""这奔腾的水啊，除了滔滔向东流逝，还是向东滔滔流逝……"时过境迁，水的流向没有变化，但人们的思想观念却有了潜移默化的巨大变化！过去的远庄已经远去了。

小说在时空的回忆与惋惜中，表现出对爱与生命的进一步思考，他在小说的结尾写道：

深扎的根，是木麻黄割舍不了对土地的眷念。
飘飞的花絮，是芦苇割舍不了对溪流的眷念。
海面上雀跃的鱼，是海鸟割舍不了对浪潮的眷念。
那星星点点的渔船，是海边人割舍不了的，对大海的眷念。

那种浓浓的少年之恋与故乡之情，跃然纸上。
作者通过小说塑造的人物形象，生动地告诉读者：生长在这块土地上的人，爱恨情仇会永远与这块故土紧紧相连，不管是留守者还是离开者，这，就是故土的基因。

谭伟平

2024年7月20日

（作者系博士，二级教授，2009年湖南省教学名师，湖南师范大学文学院兼职教授、硕士生导师；怀化学院原院长、党委书记；现为中国新文学学会副会长、湖南省和平文化研究会会长、湖南省文艺评论家协会名誉副主席；出版专著5部，主编教材4部，发表论文150余篇；曾获国家高等教育教学成果二等奖；主持省级以上项目8项，获省优秀哲学社会科学成果奖三项）

《远庄》：一曲闽南渔村的深情咏叹

○ 吴尔芬

在文学的长河里，总有一些作品能以其独特的魅力，跨越时空的界限，触动每一个读者的心灵。《远庄》，便是这样一部由陈忠坤先生倾情奉献的长篇乡土小说，它以细腻的笔触、深情的叙述，为我们展现了一幅闽南沿海渔村的生动画卷。

当我以同行的身份，提笔为《远庄》作评时，心中满是感慨与共鸣。陈忠坤先生以故乡远庄村为舞台，以孩童的纯真视角为镜头，缓缓拉开了一幅关于奋斗、抗争、追寻与乡愁的壮丽史诗。这不仅仅是一个渔村的故事，更是对闽南文化深刻内涵的一次深情挖掘与颂扬。

小说开篇，便仿佛一股海风拂面而来，带着咸湿与清新，瞬间将我们带入那个闭塞而又充满生命力的远庄村。陈忠坤先生的文字，如同闽南民谣一般悠扬动听，既有乡土的质朴与纯真，又不乏诗意的浪漫与深邃。他巧妙地将闽南地方特色的节日饮食、生活习俗融入故事之中，使得整个作品充满了浓郁的闽南地域色彩和文化底蕴。

尤为令人称道的是，陈忠坤先生以一种散文般抒情的笔调和诗歌般的跳跃手法，描绘了渔村远庄村几代人的苦难史与情感史。他以一种近乎冷静而又不失温情的态度，讲述着那些关于生离死别、爱恨情仇的故事，让人在感动之余，也深刻感受到了生命的厚重与无常。这种诗化小说的处理方式，不仅使得作品具有了更高的艺术价值，也让读者在阅读过程中获得了更多的思考与感悟。

《远庄》不仅仅是一部记录渔村变迁的历史长卷，更是一首献给故乡的深情赞歌。陈忠坤先生以其对故乡无法割舍的情愫，将那些刻在骨肉间的故事娓娓道来，让人在感受乡愁的同时，也体会到生命的坚韧与希望。他通过对生命、理想、乡愁等主题的深入探讨，为我们呈现了一个既真实又充满诗意的渔村世界。

作为写作同行，我在阅读《远庄》的过程中，仿佛也跟随陈忠坤先生的笔触，走过了一段段充满曲折与坎坷的人生旅程。那些关于奋斗与抗争的故事，那些关于爱与被爱的瞬间，都深深地烙印在我的心中。我相信，《远庄》这部作品将会成为闽南文化乃至中国乡土文学宝库中的一颗璀璨明珠，继续照亮着后来者的心灵之路。

2024年8月18日

（作者系中国作协会员、厦门市青少年校外教育发展促进会副会长；在《人民文学》《中国作家》《解放军文艺》等发表作品数百万字，出版长篇小说《雕版》《九号房》等各类专著27部，获百花文艺奖、桂冠童书奖多项；入选《大学语文》、教育部中小学生阅读书目）

部分评语

在一个渔村孩子的视线与成长中,时代风云云淡风轻,民俗民谣亲情绵长。木麻黄相伴悲欢离合,海浪涌卷起夕阳余晖。《远庄》写满乡愁,笔笔流淌乡韵。曾经努力逃离,却是心灵家园。

——杨少衡(福建省文联原副主席)

《远庄》写海边土地上的人,写海边土地上的草木虫鱼,写人与海、人与土地的关系,写人的抗争,写抗争不了的人的命运。《远庄》是生活在这片土地上的人的悲歌,也是对耕耘这片热土的人的深情赞歌。

——刘岸(作家)

陈忠坤的小说是一种诗化小说,仿佛是对20世纪30年代废名所开创的,由沈从文和汪曾祺完善和定型的诗化小说传统的遥承。在《远庄》这部小说里,作者用一种散文般抒情的笔调和诗歌般的跳跃手法,描绘了一个渔村的苦难史与情感史以及生死史。

——刘忠阳(湖南怀化学院中文系教授)

台风呼啸，海浪汹涌。《远庄》魔幻般地打开了"我"对远去的渔村渔人的回忆，通过对远庄人的生命抗争、爱恨情愁刻骨铭心的书写以及"我"成长与追寻的故事，伴随着浓浓的闽南语和闽南童谣，搅拌着咸咸的海水，绿绿的木麻黄，叮叮当当地流入读者的心田，化作一片诗般的情海，小说亲切感人，让人身临其境。

——林跃奇（作家）

　　《远庄》既是一座村庄的命运史，也是一个孩子的心灵史。它犹如一张心灵底片，真实而细腻地还原了一个闭塞、落后、贫穷的闽南小渔村的现实困惑与生存困境；还原了渔村人细致入微的日常生活场景和富有地域特色的闽南风俗民情；还原了大海对渔村的慷慨馈赠和无情毁损的惊人图景；还原了生与死、爱与恨、逃离与归返、放弃与坚守的人性挣扎。

——庄永庆（作家）